中公新書 2609

武田　徹著

現代日本を読む

――ノンフィクションの名作・問題作

中央公論新社刊

まえがき

大きな書店にゆくと「ノンフィクション」のコーナーが用意されている。そこに並ぶ書籍は実用書、自己啓発本の類（たぐい）から、学術専門書ではないものの社会現象を分析したり、科学や医学をテーマにしたりする作品、そして歴史書やエッセーまで多岐にわたる。共通性は創作小説ではないこと、つまりノン（＝非）・フィクションだというぐらいしかない。実際、その種の書棚は小説以外の新刊書、売れ筋書籍を集めて作られているというのが現実的な事情だろう。

このようにノンフィクションというジャンルはとらえどころがない。だが、それでもなお、ノンフィクションとは何なのかをあらためて問うてみよう。試しにノンフィクションのコーナーから「ノンフィクション作家」という肩書きを使っている著者の本を選び出してみる。あるいは数多（あまた）ある「〇〇ノンフィクション賞」といった賞を受賞した作品を手にしてもいい。そうした作品こそが、流通の事情で「創作小説以外」と十把一絡（じっぱひとから）げに使われがちなノンフィクションというジャンルのなかで、著者の自己申告として、あるいはまた社会の評価として「ノンフィクション」と認められた作品だと言えよう。

そんなノンフィクションのなかのノンフィクション、いわば真正ノンフィクションの特徴は何か。

創作小説と違ってノンフィクションは事実を扱っている。その意味でノンフィクションは、事実を報じるジャーナリズムのグループに属する。しかし、事実をひとつずつ報道してゆくジャーナリズムの仕事とは異なる表現の形式を持っている。

たとえば『朝日新聞』二〇二〇年七月三十一日朝刊を手に取ると、一面には「東京都「酒提供店、夜10時まで」 3～31日 カラオケ店にも要請」という見出しをつけた記事が掲載されていた。

《新型コロナウイルスの感染拡大を受け、東京都の小池百合子知事は30日、臨時記者会見で、都内全域の酒類を提供する飲食店と、全カラオケ店を対象に8月3～31日、営業時間を午後10時までに短縮するよう要請した。全面的に要請に応じた中小事業者に協力金20万円を支給する。国内の新たな感染者は30日午後11時現在で１３０８人確認され、３日連続で過去最多を更新した。》

ここでは小池都知事の決定した施策内容など、個々の事実それ自体が自らを語るように書かれている。新聞の一面に載るような客観報道とはこういうスタイルであり、ジャーナリズムの典型的な記事だと言える。

ではノンフィクションはどうか。

《彼女のことを古くから知るというその人は、躊躇(ためら)いながらも上ずる声で話し出すと、憑(つ)かれたように語り続けた。

「なんでも作ってしまう人だから。自分の都合のいいように。空想なのか、夢なのか。それすら、さっぱりわからない。彼女は白昼夢の中にいて、白昼夢の中を生きている。願望は彼女にとっては事実と一緒。彼女が生み出す蜃気楼(しんきろう)。彼女が白昼見る夢に、皆が引きずり込まれてる。蜃気楼とも気づかずに」

確かに蜃気楼のようなものであるかもしれないと、私は話を聞きながら思った。》

石井妙子(いしいたえこ)『女帝　小池百合子』の書き出しから引用してみた。「彼女」と呼ばれているのは先の新聞記事にも登場していた小池都知事だ。小池の半生を描く評伝ノンフィクションである『女帝　小池百合子』では著者である「私」、つまり石井が聞き出した証言や取材した事実が積み上げられ、結末に向かってゆくひとつの作品として構成されている。

単に証言や事実を紹介するだけであれば、新聞記事のような客観報道のジャーナリズムでもこなせる。しかしバラバラの事実を整理して配置し、それぞれの因果関係を読み込み、意味の通ったひとつの出来事や事件として描き出すノンフィクションには、著者という「語り手」が必要だ。そして著者によって語り出されるノンフィクションの作品世界は、始まりがあって終わりに至る「物語の構造」を持つ。『女帝　小池百合子』では先に引いた箇所に続いて、《彼女ほど自分の生い立ちや経歴、経験を売り物としてきた政治家もいない。彼女は好んでマスコミを通じて、自分の私的な「物語」を流布(るふ)し続けてきた》と書く。空想、白昼夢、蜃気楼といった言葉で示されていた小池の〝自分語り〟が、ここでは「物語」と言い直されている。『女帝小池百合子』はその「物語」の真相を検証する内容となるが、そこで繰り広げられる事実確認というジャーナリスティックな作業もまた、著者・石井によって語られるノンフィクションというひとつの「物語」のなかに位置づけられることになる。

ノンフィクションとは「物語るジャーナリズム」だ、とりあえずそう仮定して議論を始めたい。とはいえ読者は「物語の構造」と急に言われても戸惑うかもしれない。順を追って説明しよう。

そもそも物語とは何か。ブルガリア出身のフランスの文芸批評家ツヴェタン・トドロフは、「物語」を「ある〈筋〉によってまとめられるような、統一性のある表現一般」と定義した。文は「主語」と「述語」を必須の構成要素とする。そうした「文」を複数積み上げて、全体としての「主語」が、全体としての「述語」に連なってゆく。大雑把に言えば、そんな構造を持つのが「物語」だ。

たとえば昔話の『桃太郎』は、端的に言えば「桃太郎」が「勝った」という、主語と述語の組み合わせに要約される物語である。実際には桃太郎の誕生から家族関係、家来たちの合流、鬼ヶ島に渡る経緯や鬼たちとの戦闘の場面などが描かれるわけだが、そうした枝葉末節が全体としてひとつの統一性を持ち、「主語」と「述語」の連なりの〈筋〉のなかにまとめられる構造、それが「物語」なのだと言える。

創作小説はよほど意欲的な実験作を例外として、ほとんどが物語の構造を持つ。始まって、終わる、一貫した流れがあり、最後まで読めばひとつの作品世界が描き出されている。

この構造を分析することで、多くの小説を客観的な議論の俎上に乗せることができる。たとえば物語は誰によって語られているのか、その語り手は物語の登場人物を兼ねているのか、あるいは物語の外にいて神のように物語世界を俯瞰しているのか、等々の視点が小説の物語分析ではよく使われる。

しかし「物語」は小説だけでなく、広義には映画などの映像作品や日常会話などでも、「物語」性を指摘することができる。ノンフィクションもその例外ではない。

元『朝日新聞』記者で多くのルポルタージュ、ノンフィクションの作品を書いている本多勝一は、自身の記者経験から編み出した文章術を披露する『日本語の作文技術』のなかで、「事

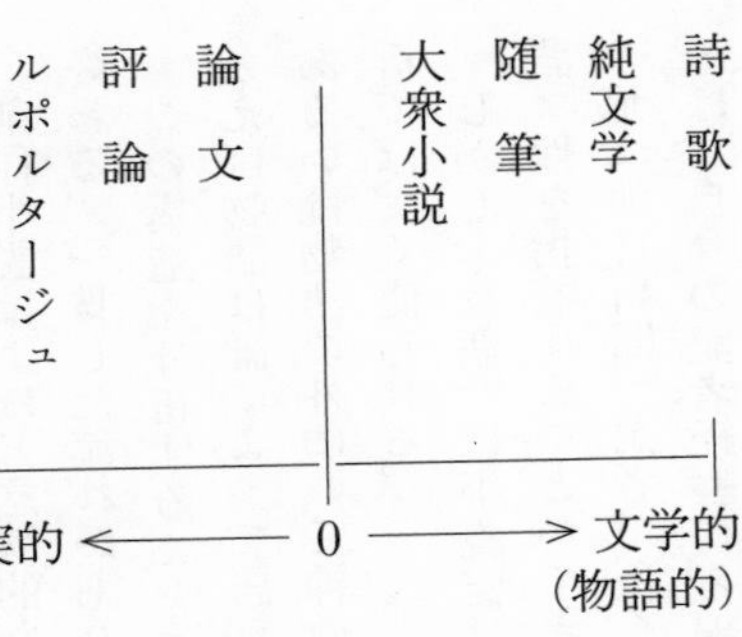

本多勝一『日本語の作文技術』より作成

実的な文章」と「文学的な文章」の間にすべての文章表現は収まり、両者の配合度合いでその性格を位置づけられるとしている。本多によれば、最も「事実的な文章」が先に紹介した小池都知事のコロナ対策を伝えるような「新聞記事」であり、そこから徐々に文学的な性格を増すことで「ルポルタージュ」「評論」と進み、「大衆小説」「随筆」「純文学」と文学性が色濃くなって、最も「文学的な文章」が「詩歌」なのだとしている。

確かに〝配合〟の程度による識別はできそうだ。たとえば本多が事実的な文章とした新聞記事でも、「天声人語」的なコラムは紙面に載る時事的な記事のひとつでありながら、表現の味わいを重んじるという点で、より文学的だ。コラム内で完結する起承転結の配置の妙、全体を貫く書き手の語り口の魅力で愛読されているという意味では、読者はそこに「物語」を求めているとも言える。

ノンフィクションやルポルタージュもまた、ストレートニュースのような事実的な文章に比べて、本多に言わせれば文学的な文章——本書では「物語的な文章」と表現する——の側に偏移したジャーナリズムだと言える。ストレートニュースでは事実がそのまま描かれるが、ノンフィクションでは著者が語り手となって、ひとつの出来事、事件として始まり、終わりに至る「物語」のなかに事実を配置する。

こうした「物語」への離陸を果たすことで、ノンフィクションはどのような新しい表現の地平を開いたのだろうか。ノンフィクションでなければ描けなかった世界とはどのようなものなのか。

一方で、語り手を持つということでノンフィクションは創作小説に通じる性格を備えることになるが、小説になってしまえば非（＝ノン）フィクションという定義自体を裏切ることになる。物語的な文章の創作小説と、事実的な文章であるニュース報道の間に位置することで、ノンフィクションはどのような制約を自らの表現に課してきたのか——。

そんな問題意識から本書ではノンフィクション作品を読んでゆく。取り上げた作品数には限りがあるが、ノンフィクションという表現スタイルが何を描いてきたのか、その可能性と限界について考える一助になればと願う。

目次

現代日本を読む——ノンフィクションの名作・問題作

第1章　大宅賞は辞退から始まった

尾川正二『極限のなかの人間』
石牟礼道子『苦海浄土』

大宅壮一ノンフィクション賞の誕生

一九七〇年四月八日、大宅壮一ノンフィクション賞の授賞式が東京・新橋の第一ホテルで催された。

前年に刊行されたノンフィクション作品のなかから選ばれる大宅壮一ノンフィクション賞は知名度も高い。優れたノンフィクション作品が大宅賞の権威を高め、大宅賞に選ばれることでノンフィクションとして優れていることのお墨付きを得る。いいかたちの循環が形成されて、日本のノンフィクション界を牽引してきた。

その第一回の受賞者は『極限のなかの人間』を著した尾川正二だ。もう一人の受賞者は『苦海浄土』の著者・石牟礼道子だったが、受賞を辞退したため欠席。会場に現れた受賞者は尾川一人だけだった。

大宅壮一ノンフィクション賞の創設が発表されたのは前年の『文藝春秋』誌上であった。ノンフィクションを対象とする賞の制定自体が初めての試みで大いに注目を集めていたなか、第一回から辞退者がでてしまう。まさに事実は小説よりも奇なり、である。

大宅壮一ノンフィクション賞の考案者は当時の文藝春秋社長の池島信平だった。出版、放送界を横断して活躍し、「鳥の鳴かない日はあっても大宅壮一の声を聞かない日はない」と浅沼稲次郎に言われた「マスコミ帝王」の名を冠した賞を作ることで、後に続くノンフィクションの書き手を鼓舞するとともに、マスコミ文化に多大な貢献をした大宅をも労いたい。そんな考えだったという。

大宅自身は池島の提案に対して、ノンフィクション賞を設けることには賛同しつつも、自分の名が使われることに関しては《おれが死んでからならかまわないが、生きている間は勘弁してくれよ》（大隈秀夫『マスコミ帝王　裸の大宅壮一』）と述べて難色を示していた。だが、大宅夫人まで味方につけて説得にあたった池島に押し切られるかたちになる。

第一回の選考委員は『週刊朝日』の名編集者として知られた扇谷正造、作家の臼井吉見、開高健、そして大宅壮一自身は選考委員には名を連ねず、彼の弟子でジャーナリスト・評論家の草柳大蔵が委員となり、そこに池島信平が加わる。この面々が選んだ二つの受賞作品から、当時の「ノンフィクション」観をうかがい知ることができる。

『極限のなかの人間』は、ニューギニア戦線で敗走を続けるなかで死線をさまよった著者自身の経験を記した戦記だ。「戦記もの」は戦後の月刊誌『文藝春秋』が力を入れてきた企画だった。《現代日本人の、戦争を中心に約二十年の体験は、昔の人の一世紀、二世紀に相当するほどの波乱の多いものであ》り、その経験を記せば《強烈なノン・フィクションになる》と池島は語ったことがあった（塩澤実信『雑誌記者　池島信平』）。『極限のなかの人間』がそんな池島のお眼鏡にかなったことは疑うまでもない。

それに対して『苦海浄土』の受賞はどうか。

この作品は谷川雁が主宰していた九州の同人誌『サークル村』に「奇病」と題されて一部がまず発表され、その後、同人誌『熊本風土記』に連載された「海と空のあいだに」が単行本としてまとめられ、講談社から刊行された。

《年に一度か二度、台風でもやって来ぬかぎり、波立つこともない小さな入江を囲んで、湯堂部落がある。

湯堂湾は、こそばゆいまぶたのようなさざ波の上に、小さな舟や鰯籠などを浮かべていた。子どもたちは真っ裸で、舟から舟へ飛び移ったり、海の中にどぼんと落ち込んでみたりして、遊ぶのだった。》（『苦海浄土』）

不知火海に面する水俣の美しい自然が描かれる。豊かな恵みを人びとに与えてきた海は、しかし、新日本窒素肥料（一九六五年にチッソに改称）の工場が排出した有機水銀に汚染されていた。漁獲が多く、米よりも魚を多く食べてきた漁民たちが次々に奇病に倒れてゆく。豊穣な自然と文明の病とのコントラストを鮮やかに描き出した『苦海浄土』は大きな話題を集めた。公害病である水俣病を扱うので、当然、加害者であるチッソや、経済成長のなかで大企業優遇政策をとってきた日本政府への告発の色彩を帯びざるをえない。著者の石牟礼も患者団体に寄り添って抗議デモに参加している。

それゆえに『苦海浄土』が刊行後あっという間に書店の店頭から消えて補充されず入手困難になっていたときには、大企業の顔色をうかがって単行本版元の講談社が販売を自粛しているのではないかという噂すらあったくらいなのだ。

この二年前に設立され、「右翼的団体」と言われた日本文化会議の機関紙発行を文藝春秋が担う計画が、社内の労働組合員から激しい反対を受けて頓挫し、それに代わるかたちで論壇誌『諸君！』が創刊されるなど、右旋回を指摘されることが多かった当時の文藝春秋がそんな作品を「意外にも」受賞作に選んでしまったので、逆に書き手の石牟礼のほうが受けられなくなった。そう推測することもできたかもしれない。

もっとも本人の受賞辞退の弁には政治的なトーンは含まれず、『文藝春秋』（一九七〇年五月号）に載った「選考経過」によれば、《ご好意は大変ありがたいが、まだ続篇を執筆中の現在受賞するのは、気も晴れない心境なので辞退したい》との理由だったとされている。大隈秀夫

『マスコミ帝王　裸の大宅壮一』ではもう少し踏み込んで、《わたし一人が頂く賞ではありません。水俣病で死んでいった人々や今なお苦しんでいる患者がいたからこそ書くことができたのです。わたしには晴れがましいことなど似合いませんのでお断りします》と石牟礼が述べたことを伝えている。ちなみに石牟礼は大宅賞に先立って『熊本日日新聞』の熊日文学賞も辞退している。

授賞式で挨拶した大宅は《授賞辞退などというハプニングがあったが、私の中のヤジウマ的なものが現われていて、それもおもしろい》（『読売新聞』一九七〇年四月十日夕刊）と大人らしいユーモラスな表現に留めている。

こうして『苦海浄土』の辞退理由がはっきりしないまま、第一回の大宅壮一ノンフィクション賞は授賞式を終えた。だが、そこで賞に選ばれた二つの作品は、「ノンフィクション」という表現ジャンルについて考えさせるものとなった。

「心の中で言っていることを文字にすると、ああなるんだもの」

まず、意図的な品切れを疑われた『苦海浄土』だが、一九七二年には講談社から文庫化されている。しかし、巻末に寄せられた渡辺京二の解説が物議を醸した。

《私のたしかめたところでは、石牟礼氏はこの作品を書くために、患者の家にしげしげと通うことなどしていない。これが聞き書だと信じこんでいる人にはおどろくべきことかも知れないが、彼女は一度か二度しかそれぞれの家を訪ねなかったそうである。「そんなに行けるものじゃありません」と彼女はいう。むろん、ノートとかテープコーダーなぞは持って行くわけがない。》（「解説　石牟礼道子の世界」）

実は渡辺自身にとってもその事実はおどろきだったという。

《瞬間的にひらめいた疑惑は私をほとんど驚愕させた。「じゃあ、あなたは『苦海浄土』でも……」。すると彼女はいたずらを見つけられた女の子みたいな顔になった。しかし、すぐこう言った。「だって、あの人が心の中で言っていることを文字にすると、ああなるんだもの」。》（同前）

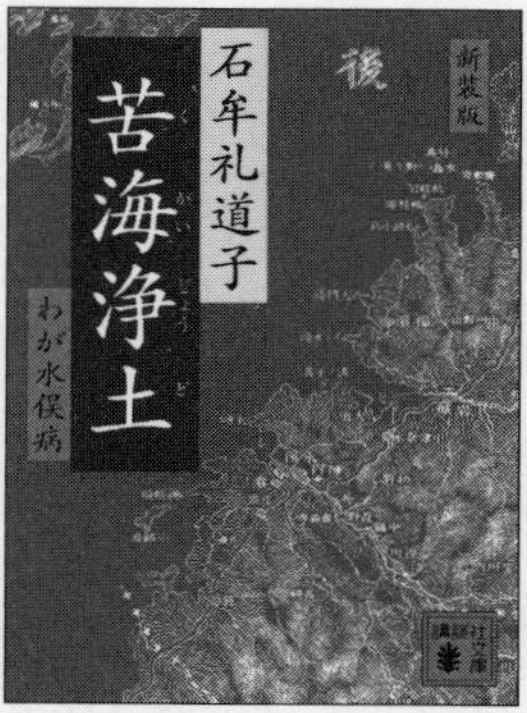

石牟礼道子『苦海浄土』

渡辺は『苦海浄土』と改題される前の「海と空のあいだに」の連載媒体となった同人誌『熊本風土記』の編集者であり、その後も長く石牟礼と二人三脚の活動をしたパートナー的存在だった。この解説も、真相を暴露するというより石牟礼のためを思って書かれている。というのも、石牟礼自身が単行本の刊行一年後のノートにこう書いているのだ。《誰も彼も、もうすっかり聞き書リアリズムだと思いこんでいる。／あんまりおもいこまれると、つまり私の方法論にこうもすっかりみんな完全にだまされてしまうと、がっかりする。不本意だが、著者自身が、解説、苦海浄土論を書いて、方法論のヒミツを解きあかさねばならないであろうかと考える》（米本浩二（よねもとこうじ）『評伝 石牟礼道子』）。

「方法論のヒミツ」という言葉を石牟礼は使った。どのようなヒミツがあったというのか。

一九六〇年一月に『サークル村』に発表された最も初期の短篇作品は「奇病」と題されていた。しかしそこには「水俣湾漁民のルポルタージュ」と銘打たれてもいたのだ。そして『熊本風土記』に連載されたときに「奇病」はタイトルを変えられて、その第五話「海と空のあいだに——坂上ゆきのきき書より」となり、『苦海浄土——わが水俣病』に収められたときにさらに「ゆき女きき書」となっている。つまりその作品がルポルタージュであり、聞き書きだと周囲が思った最大の原因は、他でもない、石牟礼自身にある。彼女自身がそう書いているのだ。

ただ、そこではルポルタージュ、そして聞き書きと呼ばれるジャンルの歴史を視野に入れる必要もあろう。戦時中に新聞記者だけでなく、ペン部隊と称して派遣された作家たちによっても従軍報告が多く書かれたルポルタージュは、戦後は一転して民主化運動のなかで多用されるスタイルとなった。新聞記事が客観中立を旨とするジャーナリズムの原則に従って、客観的な事実を伝え、記者は透明な存在になるのに対し、ルポルタージュは取材場所を訪ねる書き手の署名とともに発表される。それゆえに著名作家が戦時中はルポルタージュを書き、戦場の兵士たちの声を聞き書きした。そこには状況を語る被取材者としての兵士たちと、ルポルタージュの書き手という語り手が登場しており、ジャーナリズムの「事実的な文章」は「物語的な文章」の方向にシフトしている。

そんなルポルタージュは、戦後になると民主主義の主体である「民」の声を聞き、姿を描くことに熱中した。『サークル村』の活動もその流れを汲んでいる。そこでは従軍ルポルタージュのようにすでに名をなした作家が語り手になるのではなく、市井の無名の書き手が、やはり無名の市民の語りを文字に記録するスタイルが選ばれた。そこでは特権的な作家という存在が徹底的に排除されており、『サークル村』の「創刊宣言／さらに深く集団の意味を」では、文化を個人のものとみなすのではなく、集団的な創造とすることが謳われている。特定集団のあり方の全体像を描き出す方法として、聞き書きを用いるルポルタージュという表現形式が選ばれたのだ。

石牟礼の「ゆき女きき書」はまさにそうした流れのなかで書かれている。

《——うちは、こげん体になってしもうてから、いっそうじいちゃん（夫のこと）がもぞか（いとしい）とばい。見舞にいただくもんなみんな、じいちゃんにやると。うちは口も震ゆるけん、こぼれて食べられんもん。そっでじいちゃんにあげると。じいちゃんに世話になるもね。うちゃ、今のじいちゃんの後入れに嫁に来たとばい、天草から。》（『苦海浄土』）

方言をそのまま書くことは集団の声をそのまま伝え、創作を個人のものから集団のものに変えるための方法とみなされていた。それが『サークル村』文学運動のなかで生まれた「聞き書き」による「ルポルタージュ」だった。石牟礼も方言を用いて書いた『苦海浄土』を、他の聞き書きルポルタージュ作品と同列に置いて発表した。

しかし石牟礼は実際には、声をテープレコーダーで記録して忠実に再現するような方法までは採用していない。相手の心のなかの声を自分が代弁して語りとして描いた作品であり、その意味で、事実を示すものとして誰が何を語ったかを重視するジャーナリズムの文脈における聞き書きとは厳密には言えなかったが、石牟礼はこれもまた「聞き書き」なのだと解釈変更し、その作品を世に問うた。おそらくそれが石牟礼の「方法論のヒミツ」だった。

「石牟礼道子の私小説」

その方法論は、言ってみれば〝功を奏しすぎた〟のだ。

大宅賞の選評を読むと、選考委員は誰一人、この作品が「聞き書き」による事実の記述を踏まえていることを疑ってはいない。臼井吉見が《魂の記録》、草柳大蔵が《事実を突き破るもの》という、読み方によっては多少微妙な表現を使っているが、選評の文脈のなかでは聞き書きであることを疑うというよりも、ジャーナリズムの作品として高く評価するというプラスの意味合いだ。大宅賞の選考委員の共通認識として、ノンフィクションは「事実的な文章」であるジャーナリズムであった。

そこから、ひとつの仮説が立てられる。石牟礼が大宅賞を辞退した理由のなかには、この作品がノンフィクションの賞に値するか、著者自身としても自信を持てなかったことがあったのではないか。自分の創作方法も聞き書きルポルタージュに含まれるのだと一度は考えようとしたが、世間はそう認めないかもしれない。石牟礼はそんな結果になることを恐れて、まず熊日文学賞を辞退したが、その後も聞き書き説が全国区的に独り歩きし、話題の大宅賞まで受賞することになるとさすがに気になって、ノートに逡巡する気持ちを、核心はぼかしつつも、記したのではなかったか。

そこには〝文化の違い〟があったようにも思う。『サークル村』は集団的な創造を目指しており、特定集団のあり方の全体像を描き出すことを重視した。そこでルポルタージュは聞き書きの方法をとってはいても、誰の語りを聞き出し、どのように語り上げるかよりも、集団の全体像をいかに語れるかが問われる。『苦海浄土』はそんな文化のなかで書かれたが、ジャーナリズムの世界に属している『熊本日日新聞』や大宅賞の選考委員はそうした文化を理解せず、誰が誰の証言を聞き出し、書くかを基本とするジャーナリズムの「事実的な文章」のヴァリエーションとして、聞き書きルポルタージュを見ようとする。その解釈風土の違いに石牟礼は気づいて困惑したのだろう。

渡辺京二との間で、どこまで「方法論」について腹を割った話があったのかはわからないが、結果として逡巡する著者に代わって「方法論のヒミツ」を渡辺が公表することになった。案の定、『苦海浄土』が聞き書き作品だと思い込んでいた人は驚くことになるが、渡辺はそれによって作品の価値が消失しないように、『苦海浄土』の正しい読み方を提示する。

《実をいえば『苦海浄土』は聞き書なぞではないし、ルポルタージュですらない。ジャンルのことをいっているのではない。作品成立の本質的な内因をいっているのであって、それでは何かといえば、石牟礼道子の私小説である。》（渡辺前掲）

渡辺は「私小説」という言葉に多くの含みをもたせている。

《『苦海浄土』はたちまち、公害企業告発とか、環境汚染反対とか、住民運動とかという社会的な流行語と結びつけられ、あれよあれよという間に彼女は水俣病について社会的な発言を行なう名士のひとりに仕立てられてしまった。》

《しかし、それは著者にとってもこの本にとっても不幸なことであった。そういう社会的風潮や運動とたまたま時期的に合致したために、このすぐれた作品は、粗忽な人びとから公害の悲惨を描破したルポルタージュであるとか、患者を代弁して企業を告発した怨念の書であるとか、見当ちがいな賞讃を受けるようになった。》(同前)

『苦海浄土』はそうした社会的風潮に迎合する作品ではない。渡辺は《粗雑な観念で要約されることを拒む自律的な文学作品として読まれるべきである》(同前)とも評している。そこで注目されるのは、聞き書きを装う方法論の、周囲をだますようなものではない、ネガティブではない側面についてである。石牟礼は少女のようなあどけなさで《「だって、あの人が心の中で言っていることを文字にすると、ああなるんだもの」。》(同前)と述べたという。石牟礼の聞き書きとは、心のなかの声ならぬ声を「聞いて」本人に代わって書くことなのだ。

こうした書き方については、石牟礼自身が著した自伝『葭の渚』のなかにも記述がある。

《当時、私は患者さんたちと同じ運命共同体の中に幾重にも入っていくような感覚になっていて、世界史の動向を全身全霊ではかっている気持ちだった。

「こやんこつばあんたは体験しよっとよ、忘れちゃならん。患者さんたちが一所懸命語んなはっとば、ちゃんと耳に入れとかんばいかんよ」

執筆にあたって、私はそう自分に言い聞かせていた。患者さんの思いが私の中に入ってきて、その人たちになり代わって書いているような気持ちだった。自然に筆が動き、それはおのずから物語になっていった。》（『葭の渚』）

従軍報告ルポルタージュが登場した時点で、ジャーナリズムの事実的な文章は物語的な文章の方向にシフトしている。しかしジャーナリズムの世界では、ルポルタージュの言葉は物語の一部でありながらも事実に一対一で対応していると信じられていた。それに対して石牟礼のルポルタージュは、事実を描き出すことを諦めたわけではないが、一対一対応の関係を結んでいない。はじめから患者たちが語った言葉をそのまま正確に記録することへのこだわりが薄かったので、テープレコーダーを取材に持ってゆく必要を思いつくこともなかったのだろう。むしろその声に静かに耳を傾けることで、自分の内面に浮かび上がる言葉を書こうとした。渡辺はジャーナリズムとは作法の違う表現方法を「私小説」と呼ぶことで、ジャーナリズムの価値観で評価され、断罪されることを回避しようとしたのだ。

内面を描くための「私小説」という方法

実は石牟礼が経験したこととよく似たやり取りを、ジャーナリズムの歴史もまたたどっている。米国の「ニュージャーナリズム」（第3章参照）の最高の書き手と評価されることの多いアメリカのゲイ・タリーズは圧倒的なディテール描写で知られる。そんなタリーズが来日して日本のノンフィクション作家である柳田邦男と対談したことがある（柳田『事実からの発想』に収録）。そこで柳田が尋ねる。

《タリーズさんの作品を読むと、いつもディテール（細部）に非常に感心します。たとえば『汝の父を敬え』の場合、家長のジョゼフ・ボナンノ、長男のビル・ボナンノなどの人物を描く時のディテールが、文学的完璧さを備えていると思います。この本はどこを開いてもそうなんですが、一例をあげますと、「ジョゼフ・ボナンノは半ば目を閉じ、居間の柔らかな椅子の背に寄りかかって、マントバーニの心和む音楽をステレオで聞いていた。黄褐色の絹のシャツの上にジッパーの付いたグレーのカシミヤのセーターを着ていた。足はゆったりと足台に載せ……」とか、あるわけです。》

それに対してタリーズの応答はあまりにもそっけない。

《私はその時、その部屋におりました。》（同前）

『汝の父を敬え』の主人公であるボナンノ親子はイタリア移民のマフィアであり、タリーズは彼らと家族ぐるみの付き合いをしていた。一緒にいた時間は少なくなく、自分がその場にいて見てきたものだから詳細まで描けるというのは確かにそのとおりだろう。

しかし、いつも取材相手とともにいられるわけではない。実際、タリーズが立ち会えなかった場面でも著述の密度は変わらない。普段の暮らしであればタリーズが時間をかけて見てきたことからの連想や、長く付き合ううちに考え方や感じ方もわかってきてディテールの描写を補完できることもあるかもしれない。しかしビル・ボナンノが収監された監獄のなかでも同じように濃密なディテール描写が貫かれるとなると、これは果たしてどうしたものかと思ってしまう。「ニュージャーナリズムは見てきたような嘘(うそ)を書く」と言われたのは、こうしたタリーズの作風も原因のひとつだった。

石牟礼の場合も、患者たちの存在はすべて石牟礼に一度引き受けられてから言葉として書かれる。それはタリーズがボナンノ親子との長い付き合いのなかで彼らの考えや気持ちがわかるようになった(と自分で考えるに至った)ことと通じている。

その作風を、一人の作者の内面を経由して描かれているという意味で「私小説」と呼んだ渡辺は、しかし、『苦海浄土』が告発に躍起になるような社会的書物ではないと考えはしたものの、それが現実から遊離した仮構の作品だとまでは言っていない。

《私は何も『苦海浄土』が事実にもとづかず、頭のなかででっちあげられた空想的な作品だなどといっているのではない。(……)それが一般に考えられているように、患者たちが実際に語ったことをもとにして、それに文飾なりアクセントなりをほどこして文章化するという、いわゆる聞き書の手法で書かれた作品ではないということを、はっきりさせておきたいのにすぎない。》

《彼女には釜鶴松（水俣病患者の漁師――引用者註）の苦痛はわからない。彼の末期の眼に世界がどんなふうに映っているかということもわからない。ただ彼女は自分が釜鶴松とおなじ世界の住人であり、この世の森羅万象に対してかつてひらかれていた感覚は、彼のものも自分のものも同質だということを知っている。ここに彼女が彼から乗り移られる根拠がある。》（渡辺前掲）

とはいえ、頭のなかででっちあげられた空想的な作品ではないにしろ、聞いたことを忠実に言葉にしたわけではない作品をノンフィクションと呼んでいいのか。語感の問題、定義の問題とも言えるが、そこにはやや無理を感じる。渡辺にしても、もしも『苦海浄土』がノンフィクションの賞を辞退していなければ、こうした説明は許されなかったのではないか。ビル・ボナンノに憑依したかのように、彼の見たことや内面を描き出したタリーズは、ニュージャーナリズムを名乗ったために「見てきたような嘘を書く」という批判を受けた。石牟礼は受賞辞退で作品がノンフィクションとみなされる道を自ら断ったことと引き換えに、同じ世界に住む者として、同じ世界の住民が見たもの、感じたことを自分の内面を経由してリアルなものとして描く特権を認められた。

創作以外ならノンフィクションか

では尾川の『極限のなかの人間』はどうだったか。

丁寧に読むと、こちらにも今の尺度で測ればずいぶんとノンフィクションらしくない部分がある。たとえば後の版は題名等に変化があるが、受賞したのは国際日本研究所版で「極楽鳥の島」という副題が付いている。これは海岸線で兵士の死骸と対面したときに頭上を極楽鳥が飛んでいるという記述が本文中にあることに由来しており、無残な兵士たちの骸と極彩色の熱帯の鳥との対比が鮮やかだ。

だが、文彩としてコントラストをつけるだけに留まらず、尾川は極楽鳥の描写に相当な熱意を示す。そして極楽鳥への言及が「スワル」という海岸沿いの村に住む現地人の舞踏の話に続いてゆく。舞踏では、その極楽鳥の美しい飾り羽を身につけるのだという。これは戦記の域を超えている内容だ。

そして尾川の興味は従軍先の地域の現地語にも向かう。

《かれらの歌うのは現地語であり、その意味を解するのはむずかしい。単に、「ルレ・ルレ・ルレ」を繰り返すのもある。「ルレとは何か」と問えば、「シンシン・ナッティン」と答える。シンシンは sing であり、ナッティンは、nothing である。「意味はない、ただ歌うだけだ」というのである。》（『極限のなかの人間』）

確かにこうした状況描写がなければ、この作品の厚みはだいぶ削がれてしまっていただろう。とはいえ、戦争を主題にした「極限のなかの人間」の観察としては余裕がありすぎはしないか。たとえば先に引いた箇所は、なにげない描写ではあるが、原住民が英語話者と親しく交わっていた経緯が以前、この地域にあったことを暗示しており（ピジン・イングリッシュで書かれた聖書を村の長が読んでいるシーンも登場する）、日本軍が実効支配していたのがほんの束の間であることも示されている。徴用前の尾川は京城帝国大学国文科を卒業しており、復員後にも広島文理科大学大学院で国文学を学ぶ、強い研究者志向の持ち主だった。人類学の素養まであったかはわからないが、従軍中にも現地の習俗をよく観察しており、舞踏、言語、習俗と、わずかの間に多くの知見が得られ、記されている。交戦中にはさすがに現地の習俗や環境を観察する余裕はなくなるが、精度の高い観察眼は友軍の行動や上官の言動の記録に向かう。

尾川正二『極限のなかの人間』（改題『「死の島」ニューギニア』）

尾川は従軍中につけていた陣中日誌を退却時に

焼却処分していた。帰還後、マラリアの熱にうなされながら、陣中日誌に書いていたことを、記憶だけを頼りに再現し、不用となった包装紙に記し、《昭和二十一年十月、たまたま手にはいった原稿用紙の裏表を使って浄書》（同前）したという。かなりの困難を伴う作業だったとはいえ、石牟礼と異なり、書いているのは自分の見たこと聞いたことなので、「これがジャーナリズムなのか」と疑われる余地は相対的に小さいが、時間も経過しているのにここまでディテールが書き込めたのは、尾川もまた自分の好奇心に引き寄せて、より鮮明に思い出せるものを書き、彼にとっての従軍経験をひとつの物語として描き出したからだろう。

好奇心が旺盛で、博学をもって知られていた池島信平はこうした尾川の習俗まで書きこむ豊かな書きぶりを喜んだのかもしれないが、少なくとも、この後に続くノンフィクション作品の多くはここまで迂回的な書き方をしていない。限界状況を描くとしたら、そこに焦点づけられない周辺的なディテールに凝ることは抑制される。その意味では尾川の『極限のなかの人間』もまた、後のノンフィクションの流れとは切り離されて孤立している印象がある。

このように、大宅賞が始まった時点でノンフィクションという概念が確かな内容を持っていたわけではまだなかった。

大宅は「創作以外」というその語の本来の意味に忠実に従うかのように、ルポルタージュも書けばエッセーも書き、評論もして、創作以外の多くの作品を残した。盟友だった池島もおそらくはそうした広がりでノンフィクションを考えていたのだろう。そんな池島の発案で大宅の名を冠した賞の第一回には、ルポルタージュを自称していながら受賞を辞退し、その後もジャーナリズムの文脈を超えて書きつづけられ、愛読されてゆくことになる『苦海浄土』と、戦記ものでありながら、それを超える学術的・文化的な記載をも含む『極限のなかの人間』が選ばれた。

こうした二作品によって日本のノンフィクションは新しい歴史の扉を開くことになるが、その後の大宅壮一ノンフィクション賞は、創作(フィクション)ではないノンフィクションの可能性の広がりのなかで必然のように迷走を余儀なくされて、徐々に新しい焦点を結んでゆくことになる。

第2章　「作者不明」の顚末

イザヤ・ベンダサン『日本人とユダヤ人』
本多勝一『アラビア遊牧民』

大宅壮一ノンフィクション賞は二〇一七年と二〇一八年だけ「大宅壮一メモリアル日本ノンフィクション賞」と名称を変えて、複数の匿名選考委員と読者の投票数で受賞作を決めるスタイルをとったが、それ以前、そしてそれ以後は、選考委員が選考に当たり、発表後に各委員の選評が『文藝春秋』誌上で公開される。それを読めば、どの作品がどのように評価されたか、様子がうかがえた。

第1章では第一回大宅賞の受賞作である『苦海浄土』（石牟礼道子）と『極限のなかの人間』（尾川正二）を論じたが（石牟礼は受賞を辞退）、第二回の受賞作は『日本人とユダヤ人』と『誰も書かなかったソ連』だ。この二作のうち、第2章ではイザヤ・ベンダサン『日本人とユダヤ人』を取り上げたい。

大宅賞史上、著者が外国人というのはこの作品だけだ……と言いたいところだが、そうは問屋がおろさない事情がある。その理由はおいおい説明するとして、まずはこの本がどのように登場したかについて書いていく。

三〇〇万部のベストセラー

『日本人とユダヤ人』がベストセラーになった経緯については、藤田昌司『ロングセラー そのすべて』などにより、かなり明らかになっている。

最初に話題になったのは外務省内だったという。ユダヤ人が書いたユニークな日本人論として、おそらく口コミで評判が広がったのだろう。一九七〇年五月、外務省地下の売店では入荷して一〇日後には売り切れとなり、追加の注文が殺到した。折しも日米繊維交渉が難航しており、日本の考え方を欧米のそれと比較したい官僚たちの思いが影響していたとも推測されている。

イザヤ・ベンダサン『日本人とユダヤ人』

やがて評判は通産省（現・経産省）、大蔵省（現・財務省）にも飛び火し、大蔵省内の書店は、追加注文を出してもなかなか配本してくれない取次に業を煮やして直接、版元の山本書店に連絡を取った。注文に応じて追加分一〇〇部をクルマに積んでえっちらおっちらと運んで来たのは山本書店の店主、山本七平だった。自ら運搬役を務めたのは、山本書店が山本一人で切り盛りしている小出版社だったからで、頼もうにも他に社員はいなかったのだ。

山本書店は創業以来、聖書関係の専門書を細々と出していた。店主の山本七平は青山学院の学生時代に開戦を迎え、徴兵されてルソン島などで戦った後に捕虜となった経歴の持ち主である。復員後、従軍中の無理がたたってか結核を発病、療養生活を強いられている。

ようやく社会復帰した山本は母校の図書館で働こうとしたが、司書の資格を持っていなかったのであえなく門前払いされている。そこで岩崎書店を皮切りに校正のアルバイトを始め、いくつかの出版社を転々としつつ、ついに念願かなって自分の出版社である山本書店を立ち上げた。

立ち上げたといっても主な収入源はあいかわらず校正のアルバイトで、その作業の空いた時間に自分が出版してみたい専門書をコツコツと翻訳し、懇意の印刷所に持ち込んで手の空いているときに活字に組んでもらった。その準備が整うと出入りしている出版社に紙を買ってもらって印刷。製本所に製本してもらった本は自分で書店を回って配本した。本の売り上げとアルバイトで紙代を捻出して出版社に月賦で払い、また次の出版の準備をする……。こうした、まさに手作りと呼ぶにふさわしい方法で専門書を一冊ずつ細々と出していた。

ただし、返済できないような借金を抱えず、堅実経営に徹した結果、出版活動は徐々に軌道に乗りはじめ、一九六四年から七〇年までは年六冊の刊行ペースで新刊を出している。

そんな時期に山本はベンダサンと出会ったという。

山本が書いた「イザヤ・ベンダサン氏と私」（『諸君！』一九七一年五月号）によれば、《もう七年前になると思うが、ある日、全く未知の人からある本の出版について相談したいと電話がかかって来た》。そして帝国ホテルまで出向いて面会したのがイザヤ・ベンダサンだった。

当初、ベンダサンはフラヴィウス・ヨセフスの『ユダヤ戦記』の出版ができないか、自分が何か手伝えないかと言ってきた。聖書関係の本を出していると、その種の売り込みや推薦は案外ある。その話が、いつしか翻訳出版ではなく、ベンダサン自身が『日本人とユダヤ人』を書き下ろす企画に様変わりしていったのだという。

出版され、官僚たちの間でまず注目されたその本は、やがて一般読者にも裾野(すその)を広げてゆき、年が明けて選考が始まった大宅賞はこの話題作に与えられることになる。こうした展開に関与したのが当時の文藝春秋の編集者・東眞史(あずままふみ)だ。当時を回顧して東はこう書いている。

《「イザヤ・ベンダサンという人の『日本人とユダヤ人』が面白いよ」と教えてくれたのは梅原猛氏だった。早速、書店に問い合わせてみたが、どこにもない。仕方なく、本の奥付の住所を訊いて、山本書店に電話をした。市ケ谷(ママ)駅の改札口で初めておめにかかった山本七平さんは、この年四十九歳、なぜかカーキ色のコート姿の印象が鮮やかに残っている。》

《人間の行動も書籍の刊行も、それぞれに、時代の刻印を捺されているのだと思う。「よど号」ハイジャック、三島由紀夫氏の自決と、予測不可能の時代の到来を告げるような出来事がたてつづけに起こった昭和四十五年だったが、この年に刊行された『日本人とユダヤ人』（……）も、新しい時代の自画像を模索する、当時の日本人の気持の渇きと一致したのだと思う。》（「日本を震撼させた57冊　イザヤ・ベンダサン『日本人とユダヤ人』」『文藝春秋』二〇〇四年九月号）

こうして『日本人とユダヤ人』を高く評価した東は佐伯彰一（アメリカ文学者、文芸評論家）に頼んで同書を『諸君！』の鼎談書評に取り上げてもらうなど、読者拡大に協力した。大宅賞へのノミネートも東の応援がおそらく影響していたはずだ。

大宅賞選考委員たちの『日本人とユダヤ人』に対する選評はまさに絶讃だったと言える。開高健は《近頃これくらい知的スリルをおぼえた作品はない。一気通貫で読めた》と書き、臼井吉見も《とてつもなく面白い。魅力に溢れていて、ぴちぴちと生きがいい》と書いている（『文藝春秋』一九七一年五月号）。

確かにその内容は魅力的だった。たとえば「日本人は安全と水はタダだと思っている」といった、最近でもよく引かれる言い方は『日本人とユダヤ人』に由来している。

《ある日のことK氏は、初めて彼ら（両隣のユダヤ人家族──引用者註）に接して以来、心の底にもっていた一つの疑問を口にした。「あなた方御一家は、どうしてこの（ニューヨークの超一流の──引用者註）ホテルにお住いなのですか。ここの部屋代その他を考えれば、快適な立派な郊外の住宅で、もっともっと豊かに楽しく生活できるでしょうに」と。（……）だがユダヤ人の答えは、全く彼が予期せぬものであった。「ここは安全ですから」と。》《駐日イスラエル大使館がまだ公使館であったころ、日本人に親しまれたある書記官がつくづくと言った。「日本人は、安全と水は無料で手に入ると思いこんでいる」と。（……）日本は、安全も自由も水も、常に絶対に豊富だった（少なくとも過去においては）。だから、それがいかに大切だからといって、そのために金を払おうという人はいない。》

ユダヤ人と比較することによって浮かび上がる日本人の特殊性。それをさまざまな事例を引き、古今の文献を参照しながら描き出す『日本人とユダヤ人』は、なるほど《知的スリル》に溢れ、《とてつもなく面白》かった。初版二五〇〇部でスタートした本が、大宅賞のお墨付きもあって一九七一年末までに六二万部を売った。

その販売部数がさらに七五万部に達した時点で、書店とのやり取りに飽き飽きした山本は売り上げの一五%のロイヤリティ支払いを条件に文庫化権を角川書店に与えている。その文庫版は総売上部数二三〇万部を数える、戦後出版史上に輝くベストセラーになった。

本多勝一との論争

その後ベンダサンは『日本人とユダヤ人』で展開した、日本人独特の思考と行動様式を統合的に説明する「日本教」の考え方を発展させようとする。

先に引いた文藝春秋の東によれば、あるとき、山本から電話がかかってきたのだという。《「ベンダサンさんから面白い手紙が来たんですが、興味あります?」「もちろん! これからすぐに伺います」。それが第二作「日本教について」の連載の始まりだった》(東前掲)。

連載は好評のうちに進んだが、しかし、第九回の「朝日新聞の「ゴメンナサイ」」(『諸君!』一九七二年一月号)に至って激しい論争を巻きおこす。原因となったのは以下の記述だ。

《「朝日新聞」が、中国で日本人が行なった虐殺事件の数々を克明に連載した記事で、大きな反響を呼んでおります。ただ不思議なことは、この記事も、この記事への反響にも、責任(個人の)の追及が全くないことです。》

《では一体「朝日新聞」は何のためにこの虐殺事件を克明に報道しているのでしょうか。これによって「だれ」を告発しているのでしょうか。「だれ」でもないのです。ちょうど「偽証(による)殺人」を「司法殺人」というように「戦争殺人」「侵略殺人」「軍国主義殺人」を告発しているのであって、直接手を下した下手人個人および手を下させた責任者個人を告発しているのではないのです。そしてこの虐殺事件を起したのは「われわれ日本人」の責任だといっているのです。》（以下、引用は本多勝一『殺す側の論理』より）

この記述に対して反論したのは、《中国で日本人が行なった虐殺事件の数々を克明に連載した記事》の著者本人、つまり『朝日新聞』記者だった本多勝一である。本書においてはまえがきで紹介した、「事実的な文章」と「文学的な文章」の区別から作文技術を論じる視点を示した人物でもある。

本多は、「日本教について」を連載していた『諸君！』（一九七二年二月号）に「イザヤ＝ベンダサン氏への公開状」を寄稿する。その時点で本多にはまだ余裕があった。公開状では《私の勤務する新聞社の友人P記者》との対話を再現するというもってまわった書き方が選ばれ、それは確かに反論の険しさを和らげる効果を発揮している。

そのなかでP氏の問いかけに対して本多は《困っちゃったよ。だって全く同じことを、俺自身がベンダサン氏よりずっと前に書いてるんだから》と答えている。つまりベンダサンは本多が過去に書いたものを読まず、本多の論理に基づいて本多を批判するという愚挙に出ているというのだ。

そこで本多が（というより対話の相手であるP記者が参照箇所を読み上げるかたちになっているが――）持ち出すのは、本多の書いた『極限の民族』の第三部「アラビア遊牧民」だ。確かにそこにはアラビア遊牧民の思考パターンに照らして日本的な考え方の特殊性が指摘される箇所が含まれている。実際に本多の原文を示してみる。

《自分の失敗を認めること。それは無条件降伏を意味する。そんなことをしたら「人間はすべて信用できない」(Q氏――この前の箇所に登場するアラブ人のインテリ。引用者註)のだから、何をされようと文句はいえない。(……)たとえ何か失敗しても、断じてそれを認めてはいかんのだ。一〇〇円のサラを割って、もし過失を認めたら、相手がベドウィンなら弁償金を一〇〇〇円要求するかもしれない。だからサラを割ったアラブはいう――「このサラは今日割れる運命にあった。おれの意思と関係ない」。

さて、逆の場合を考えてみよう。皿を割った日本人なら、直ちにいうに違いない――「まことにすみません」。ていねいな人は、さらに「私の責任です」などと追加するだろう。それが美徳なのだ。しかし、この美徳は、世界に通用する美徳ではない。まずアラビア人は正反対。インドもアラビアに近いだろう。フランスだと「イタリアのサラならもっと丈夫だ」てなことをいうだろう。》(『極限の民族』)

この論法は、『日本人とユダヤ人』でユダヤ人の思考法や規範意識に照らして日本の特殊性を指摘したベンダサンの論法と通じる。「アラビア遊牧民」は『日本人とユダヤ人』の五年前に発表されているので、その前後関係では確かに本多はベンダサンに先駆けていた。

だが、ベンダサンの日本人特殊論には、本多の議論を超える射程も含まれていた。「朝日新聞の「ゴメンナサイ」」に以下の記述がある。

《日本人の責任だと言ったことによって、そういった者の責任およびそれを掲載した者の責任は免除され、またそれを読んでこの事実を知り、われわれの責任だといった者は、その瞬間に責任が免除される。だが、われわれの責任だと認めないもの、いわば『ゴメンナサイ』と言わない者は徹底的に追及される、という——。これは確かに日本教の世界では正しい。しかし日本教の外の世界では通用しない。》

本多勝一『アラビア遊牧民』

本多は失敗したら素直に謝り、《「私の責任です」》と認めてしまうような《お人好し》は日本人だけだとは書いているが、「私（たち）の責任です」ということで逆に自分（たち）の免責を望み、責任から無責任へと完全に〝相転移〟させる、ベンダサン言うところの「日本教」における「ゴメンナサイ」の構造にまでは分析を及ぼしていない。その点がベンダサンの日本人論と違っていた。

そしてベンダサンが議論の対象にしているのは本多の「アラビア遊牧民」ではなく、その時点で『朝日新聞』など朝日系メディアに分散されて連載され、のちに『中国の旅』としてまとめられる仕事であったことも重要だった。というのも、ノンフィクションの書き方として両者の間ではずいぶんと差があるのだ。

「アラビア遊牧民」は二か月間にわたってサウジアラビアに滞在し、アラビア半島内陸のネジド地方南部でベドウィン（遊牧民族）のダワシル族たちのテントが集まる地域で生活を共にして遊牧民を観察し、聞き取ったものを記録した作品だ。文章だけでなく、部族内の血縁関係を丁寧に調べて系譜にして示したり、井戸オアシス近くのテントの配置に始まり、遊牧民の習俗や利用する道具を本多自身が図版に描いたりして報告する、丁寧なフィールドワークに基づいて書かれた文化人類学の研究報告にも通じる内容をもっている。単行本の巻末には英語文献を含む多くの先行研究が参考文献として掲載され、形式・内容ともに一種の〝アカデミック・ジャーナリズム〟（第5章参照）と呼ばれるにふさわしい。『日本人とユダヤ人』を梅原猛が褒めた話を先に引いたが、本多の初期の探検ルポルタージュも梅棹忠夫や今西錦司から高く評価されている。

それに対して『中国の旅』は、日中戦争時代の残虐行為についての証言を、被害者である中国人に求めつつ続けられた旅だ。そこで本多はこう書いている。

《私の訪中目的は、すでに入国申請のときから中国側に知らせてあったように、戦争中の中国における日本軍の行動を、中国側の視点から明らかにすることだった。それは、侵略された側としての中国人の「軍国主義日本」像を、具体的に知ることでもある。とくに日本軍による残虐行為に重点をおき、虐殺事件のあった現場を直接たずね歩いて、生き残った被害者たちの声を直接ききたいと考えた。》(『中国の旅』)

当時、文革(文化大革命)の最中で中国では『朝日新聞』以外の支局は閉鎖されていた。本多は西沢隆二(にしざわたかじ)(元日本共産党幹部)の口利きで入国許可をもらい、四〇日かけて現地を回った。スケジュールは中国側が設定し、ゆく先々には証言者が待機していたという(秦郁彦(はたいくひこ)『南京事件 増補版』)。当然、内容は日中戦争時代に日本軍が行った残虐行為に関する証言のオンパレードとなる。アカデミック・ジャーナリズムと呼べる『極限の民族』所収のルポルタージュに比べると、証言を聞き出すオーラルヒストリー作品として評価する人はいるだろうが、事実を語る立場が一方的であり、学術研究としても通用する報告だと評価する人は少ないだろう。

こうした本多の仕事に対してベンダサンは、《「戦争殺人」「侵略殺人」「軍国主義殺人」を告発しているのであって、直接手を下した下手人個人および手を下させた責任者個人を告発しているのではない》(「朝日新聞の「ゴメンナサイ」」)と評した。これに対して本多は《あの新聞連載と同時に、『週刊朝日』でも連載している「中国の旅」や『朝日ジャーナル』の連載「中国人の『軍国日本』像」などでも、俺はわかった範囲のすべての犯罪者を実名で出している》（「イザヤ＝ベンダサン氏への公開状」）と反論する。そして最終的な責任は天皇制にあると告発した社内報記事を紹介する。

確かにベンダサンはデスクらの判断で匿名処理を施していた新聞記事のみを読んで、週刊誌などで本多が実名表記をしていたことは見落としていたのかもしれない。社内報まで目を配れというのはさすがに無理があるが、天皇の戦争責任まで踏み込んでいた証拠を本多から示されれば論争上不利になった印象がある。

どちらが論争の勝者か

では、この論争は本多の勝利なのか。

そうではなかったと思う。「天皇に責任があった」「天皇制を温存しているのはわれわれ日本人の責任だ」と告発し、戦争責任を認めない他の日本人を責めることによって『朝日新聞』と本多は自分たちを免責しようとしている。そうした〝相転移〟こそがベンダサンの批評の本質だったことを本多は理解していないので、議論は嚙み合っていない。語気の強さにだまされがちだが、結果的に本多の反論はベンダサンの批評を覆すどころか、天皇制を告発する自分自身を誇らしげに示す姿勢によって、自分たちが免責されると考える構図をあらためて示してしまったとも言える。

　本多は自らがジャーナリストであることを疑っていない。自分は事実を書き、自分の書いた文は「事実的な文章」であると信じている。事実が正しければ、それ以上になんの問題があるのかと考える。それに対してベンダサンは、事実を「物語る」語り手として『朝日新聞』の姿勢に注目し、過去の日本の戦争責任や、それを認めない現代日本人を叱責することで自らを免罪しようとする語りの構造を問題視する。

　こうしてレベルの異なる議論が嚙み合わないがゆえに、この後、両者は何度も応酬を繰り返すことになる。互いに皮肉や諧謔をたっぷりと込めた、かなり嫌味な展開となってゆくが、戦後言論界のひとつの象徴的論争として一読の価値はあろう。先に「事実的な文章」と「物語的な文章」の違いに注目したが、いわゆる「百人斬り」（一九三七年の南京事件の際、二人の将校がどちらが早く敵兵百人斬りを達成するか競争したという）をめぐって「語られた事実＝ファクタディクタ」と「事実＝ファクタ」を隔てる必要をベンダサンが指摘する箇所は、事実を「物語るジャーナリズム」としてのノンフィクションのあり方を考える上で大いに役に立つ。

　この論争は後に鈴木明『「南京大虐殺」のまぼろし』（第四回大宅壮一ノンフィクション賞受賞）をめぐる論争にもつながってゆくが、ここではベンダサンが『中国の旅』から遡って「アラビア遊牧民」取材時の本多の姿勢を批判した箇所（「本多勝一様への返書」『諸君！』一九七二年三月号）について論じてみたい。

そこでは、サウジアラビアに取材に行くに際してイスラム教に改宗したと書いていた本多にベンダサンが嚙み付いている。

《本多様は「ムスリムになって」サウジアラビアに行かれたと書いておられますが、それでは本多様は、「ニューギニア高地人が大笑いするような」古い風習、割礼を受けて行かれたのですか？　それとも鬼の大王に婿入りしたときのペール同様、肉体に跡が残ることだけは拒否されたのですか？　そして今でもイスラム教徒なのですか？　ワハブ派の戒律を守っておられるのですか？　それともギュント同様、その国を去るとき、がらくたとともに船から棄てられたのですか？》（「本多勝一様への返書」）

ベンダサンが引いているペール・ギュントとはイプセンが一八六七年に作った戯曲の登場人物で、次々に恋仲になった女性を捨ててゆく男だ。ベンダサンは本多がペール・ギュントと同じように宗教を次々に取り替えているというのだ。

《あなたのいう意味は、「取材の必要から日本教徒がイスラム教徒に変装した」の意味ですか。

変装なら変装でよろしい。ただイスラム教徒は、イスラム教を生きているのです。そこへ変装で行くことは、「必要悪」だった、という意識がほんの少しでもありますか？ ない。ない証拠にあなたは平然と書いている、「以前アラビア遊牧民の取材でサウジアラビアに行ったとき、私は東京モスクで正式にムスリムになってから出発しました。回教圏の中で戒律の最もきびしいワハブ宗のサウジアラビアを取材するに際して、これは有効な手段だったと思います」。》（同前）

常にユーモアとウィットを忘れなかったベンダサンの文体がここで険しく変わる。

《本多様、あなたはこの一言に、自ら畏れを感じませんか。何かの、なすべからざる罪悪を行なったと感じませんか。イスラム教徒に知られなければ、またこの一言がイスラム教徒の耳に入らなければ、全く平気なのですか。私は、これほど傲慢で無神経、完全に他を蔑視し切っている人に接したことは、かつてありません。》（同前）

本多の自称「イスラム改宗」が、ベンダサンに冷静さを失わせるほど強い嫌悪感を抱かせている。そこでベンダサンが問題視しているのは、作品内で語られている事実ではなく、事実を語る語り手自身の宗教的無節操と、自らの無節操に問題意識を持たない姿勢だ。つまり事実的な文章としての作品を評価するのではなく、物語的な文章が批判の対象となり、信仰する宗教をとっかえひっかえすることができると信じて疑わない語り手の姿勢に、ベンダサンは日本人が抱え込んだ問題の深さにつながる禍々(まがまが)しい〝何か〟を感じていたのではないか。

しかし、ここで本多を偽イスラム教徒だと批判したことで、「偽ユダヤ人」ベンダサンの正体を突き止める社会の動きが加速することになる。

幻の作者であろうと、国籍がどこであろうと、いいではないか

イザヤ・ベンダサンなる人物は本当に実在するのか。それについては佐伯彰一が最初に『日本人とユダヤ人』を鼎談書評で取り上げたときから疑問が呈されており、《誰か洒落た日本人が、ユダヤ人の仮面をかぶって書いたのじゃないか》(「ハダカにされた日本人——イザヤ・ベンダサン著「日本人とユダヤ人」をめぐって」『諸君!』一九七〇年十一月号)という表現を佐伯は使っていた。

とはいえ大宅賞の選評を読むと、作者の正体に対する疑惑は特に選考委員会で問題にならなかった様子がうかがえる。扇谷正造はこう書いている。

《作者については、いろいろなインフォーメーションが、てんでばらばらに提供された。作者は、はたして、実在の人物なのか、単数名詞なのか複合名詞かなどなどであった……。しかし、とにかく、この本は、素晴らしいという点では一致した。

とすれば、〝幻の作者〟であろうと、国籍がどこであろうと、いいではないか。何よりも、ここに書かれている事柄は、現代の日本人にとって、よく考えてみると、いろいろな意味で警告と示唆とをふくんでいる。》（『文藝春秋』一九七一年五月号）

開高健も同じ意見だ。

《作者不明というウワサがしきりであって、このガサツな時代に洒脱な謎をかけたやつがいるものだと脱帽したいが、たとえ作者不明が事実であったとしても、いいモノはいいのである。わが国には昔からちゃんと〝読み人知らず〟の習慣があって、ニクイ覆面作者もむりやり秀歌撰にひっぱりこむようになっている。》（同前）

そして大宅賞の授賞式にはベンダサンの代理人を名乗るメリーランド大学教授のジョン・ジョセフ・ロウラーが出席し、賞金一〇〇〇ドルと副賞の世界一周航空券を手にしている。欠席したベンダサン自身は『文藝春秋』に「受賞のことば」を出しているが、その冒頭に《ベンダサン何処へと人の問ふならば　ちと用ありてアメリカへと言へ》（同前）と一句を掲げて飄々としていた。

しかしイザヤ・ベンダサンが社会的評価を高め、保守系論壇誌の連載で『朝日新聞』記事を批判するようになると反発が強まる。先ほど、語り手としての本多勝一の宗教的無節操が問題とされたエピソードを紹介したが、その後、返す刀で斬りつけるようにリベラル陣営は『日本人とユダヤ人』の語り手を問題にしはじめる。ここにベンダサンの正体探しが「戦後民主主義の敵」をこらしめるためになされる作業だと位置づけられる流れが生じる。

正体を暴こうとする多くの試みがあったが、ここでは最も舌鋒鋭かった浅見定雄（あさみさだお）『にせユダヤ人と日本人』の議論を紹介しておきたい。

浅見はベンダサンがユダヤ人であるはずがないと書く。その根拠は『日本人とユダヤ人』に聖書やユダヤ人について知っている者であれば犯すはずのない間違いが数多く含まれているからだという。

『日本人とユダヤ人』に、《サンヘドリン（古代ユダヤの裁判――引用者註）には明確な規定があった。すなわち「全員一致の議決（もしくは判決）は無効とする」と》と書かれている。ベンダサンは全員一致を理想とする日本的な考えとこれを対照させる。この言葉は『日本人とユダヤ人』の帯にも引かれて、広く知られた。

だが浅見によればこれは間違いだという。タルムード（旧約聖書に次ぐユダヤ教の聖典）にあるのは、執行後に誤審が発覚しても本人はもう死んでいて取り返しがつかない死刑に関しては、判決が出てもすぐに執行せず翌日に繰り越すことを求める記述だという。そこには「全員一致」という条件は添えられていないし、翌日に繰り越す延期を求めているのであって、無効とするわけでもない。この事実をもって、ベンダサンは少なくとも日本人とユダヤ人を対照的に論じるにふさわしいユダヤ教の知識を持ち合わせていない、と浅見は考える。

加えてベンダサンが英語で書いた文章を山本七平が日本語訳したというのもウソだという。一九八〇年九月十三日に行われた非公開の対談で、『日本人とユダヤ人』の英語版が出ていると聞いた浅見が問いただすと、山本はその英語版が日本語訳される前の原著ではなく、英訳されたものであることを認めたという。つまり『日本人とユダヤ人』は日本語で書き下ろされている。ベンダサンは日本語では書けないはずなので、訳者と称している山本七平自身が書いたに違いない、ベンダサンは偽ユダヤ人なのだと浅見は結論づける。

しかし、こうして浅見が懸命に作者探しをするはるか前に、当のベンダサンは人々の前から消えていたのだ。連載「日本教について」が「さようなら「天秤(てんびん)の世界」」（『諸君！』一九七二年十月号）で最終回となる一方で、『諸君！』では同年八月号より山本七平を著者としてクレジットする「私の中の日本軍隊」（単行本タイトルは『私の中の日本軍』）の連載が始まっている。

五〇年後も言及される作品

正体探しも功を奏して、ベンダサン＝山本七平は今となっては〝常識〟である。たとえば山本が面倒くさくなって版権を譲った角川書店はその後、文庫から新書へと体裁を変えて『日本人とユダヤ人』を刊行しつづけているが、角川ｏｎｅテーマ21に収められた版（二〇〇四年刊行）の著者名はそのものずばり「山本七平」となっている。

ただ、この常識化のプロセスにはあらためて注目する価値もある。

稲垣武は山本の評伝である『怒りを抑えし者』のなかで、一九八七年に開催されたPHP研究所主宰の研究会で、大宅賞の授賞式に代理人として出席したユダヤ人のロウラーと、やはり日本に滞在していたユダヤ人のミンシャ・ホーレンスキーと、山本の三人の会話をホーレンスキーの日本人妻が日本語でディクテーションしたのが『日本人とユダヤ人』の原本になったと山本が述べた、と記している。

しかし、これは実はおかしい。そのかなり前の『週刊朝日』（一九七五年十二月二十六日号）に山本七平の「日本人とアメリカ人」の新連載の予告記事が出ており、そこには《『日本人とユダヤ人』で世に衝撃を与えた筆者》の文言がある。同誌一九七六年一月二日号でも同様の表現を繰り返していることから、谷沢永一はこれをもって著者詮議には《ほぼ決着がついたと見るべきであろう》と書いている（『紙つぶて　二箇目』）。

こうした状況にもかかわらず、山本はなおベンダサンはユダヤ人二人と自分の合成人格だというのだ。会話から起こしたにしては『日本人とユダヤ人』の文章は密度が高すぎるし、丁寧に読んでゆくと奈良・十津川の奥の村に滞在したくだりなど、山本が自分の経験として書いていた内容がベンダサン自身のものとして描かれている箇所もあるのだが……。それでもユダヤ人との合作説にこだわる頑なな姿勢はいったい何を意味するのだろうか。

晩年に膵臓がんで入院していた山本に、れい子夫人が《イザヤ・ベンダサンって、あれ、あなたのことでしょう》と問いかけると《まあね、そういうことなんだよ。（……）日本人は同じ日本人の無名の人間の言うことなんか頭から相手にしないから、外国人の名前にしたのさ》と答えたというエピソードもしばしば取り上げられるが（稲垣前掲）、死ぬまで公の場で山本本人がそれを認めたことはなかった。結局、少なくとも山本自身はベンダサンの正体を天国まで持っていった（つもりだった）のだ。

もっとも、ベンダサンが実在しなかったことが世間の常識と化しても、『日本人とユダヤ人』という作品と文筆家である山本自身の評価が低下することはほとんどなかった。

たとえば佐藤優は神学専攻の大学院生時代にベンダサン＝山本と浅見の論争に注目していたが、《人格、能力を全面的に否定する浅見氏のアプローチに筆者は違和感を覚えた》と書いている（「ベストセラーで読む日本の近現代史」第一〇回、『文藝春秋』二〇一四年七月号）。

《浅見氏は、左翼的イデオロギーのプリズムを通して世界を見ているので、山本氏の自由な精神を感知することができないのだ。山本氏は、日本人であり、同時にキリスト教徒であるということの意味を真摯に考え、行動した信仰者であることが、浅見氏をはじめとする「政治的に自分が絶対に正しい」と信じている一部のキリスト教徒には理解できないのである。》（同前）

むしろ評判を落としたのは浅見のほうだったというのが佐藤の考えだ。

とはいえ浅見がヒントを与えてくれた面もある。ベンダサン＝山本が依拠していたのはタルムードの原典ではなく山本書店から邦訳が出ているダニエル＝ロプス『イエス時代の日常生活』だと浅見は推理した。というのも、そこには《サンヘドリンが全員一致で有罪の宣告をしたときは、判決は『繰越しとなった』》（浅見前掲）との記述があるからだ。しかし、この記述は弁護人制度がなかった時代に、被告人の生死に関わる判決を下す場合は、誰かが弁護人に回り、被告の立場に立って弁論することを義務づけていたという史実を意識して読まれる必要がある。《タルムードの原典の主旨は、終始一貫、まことに明瞭である。「死刑の判定は慎重の上にも慎重に」、ただそれだけである》（同前）と浅見は書いている。

しかし死刑に限るとはいえ、弁護人が存在しない裁判自体が古代ユダヤで認められていなかったのであれば、まさに「（死刑においては）全員一致は無効」と言えるのではないか。言葉に精確さを欠いていたかもしれないが、山本が伝えたかったのは全員の判断が一致したときに、そこに思考や感覚を縛る力が働いていないかを疑う知性の必要性だった。その視点は、『日本人とユダヤ人』に続いて多くの読者を得た、「場の雰囲気＝空気」に支配されてなんとなく決定してしまうことの危うさを指摘した『「空気」の研究』に通じる考え方であるし、『私の中の日本軍』の仕事の底流に流れるものでもあった。先に引いた文藝春秋の東眞史はその作品についてこう評している。

《高まる評価とはうらはらに、山本さんの心の中には、長い間もちつづけていた疑問が、重い澱のように溜まっていったのではないか。戦時中、あれほど多くの人たちを死に追いやった辻政信の街頭演説に喝采する日本人の姿を見たとき、山本さんは、「あの敗戦すら克服しえなかった〝何か〟を感じた」と語った。（……）戦前も戦後も、変わらない日本人の発想法とは、どのようなものなのか。それを、もう一度把握しなおすためには、二十一歳の若者だった山本さんが否応なく体験せざるをえなかった五年間の軍隊時代を、自分の名前と責任で書き始めるほかはない、と考えられたのではないだろうか。》（東前掲）

ベンダサン＝山本の「百人斬り」批判に連なると考えられることの多い「南京虐殺まぼろし論」（「百人斬り」競争はもとより、南京虐殺自体が存在しなかったとする主張）が、ともすると戦前日本の間違いを自虐史観と称して無視しようとする傾向を招くのに対して、山本の立場はそうした方向性とは明らかに一線を画し、日本社会に対して極めて批判的だった。東が言う〝何か〟の支配が『朝日新聞』や本多にも及んでいると山本は見ていたので、結果的にいわゆる戦後民主主義派のメディアや知識人まで批判するに至り、局地戦的な論争が起きたのだが、だからといって山本が戦前日本を礼讃するわけでは全くない。

そうした深さと広がりにおいて批評の仕事を展開する上で、ベンダサンが誰であったか云々は、山本にとってはもはやどうでもよい些事のように感じられていたのではないか。ベンダサンの、見せ場を作らない尻すぼみの退場の仕方や、山本の論理的には理解しにくい秘匿へのこだわりは、たとえばそんなふうに説明したら多少納得もゆくように思う。

最後になるが、大宅賞の選考委員会がこの「全員一致は無効」についても洒落た対応をしていたことに触れておこう。

選評のなかで臼井吉見は、選考委員全員が『日本人とユダヤ人』を推したことについてこう述べている。

《この一篇を推すことには全員一致、何の躊躇もなかったが、むかしのユダヤ人は全員一致の決議こそあやしく、それは無効とされたそうな。呵々。》(『文藝春秋』一九七一年五月号)

『日本人とユダヤ人』の内容が正しければ、その大宅賞受賞は全員一致の絶讃だったがゆえに無効となる。一方で選考委員の全員一致の判断が正しく、『日本人とユダヤ人』が素晴らしい本なのだとしたら、そこで言われている「全員一致は無効」は間違っていたことになる。こうして「クレタ人はみな嘘つきだ」と同じ自己言及のパラドックスが生じ、選考が正しいか、正しくないかは決定不能となる。

　そんな逆説をもてあそぶ臼井の書き方は、最近のノンフィクションの論じられ方に比べれば遊び心が過剰にも感じられるが、案外と正鵠(せいこく)を射ていたのではないか。というのも大宅賞は当然のごとくノンフィクションを扱う。ノンフィクションはそこに書かれた事実を覆す反例が出れば価値を失う。その意味で未来にどうなるかはわからない。未来永劫(えいごう)、受賞に値する作品かどうかはわからないと一歩引いて構えているぐらいのほうがノンフィクション作品に対する姿勢として正しいのだ。

　実際、『日本人とユダヤ人』は作者自体がフィクションだったことが後に確定した。ならば、それは優れたノンフィクションを選ぶ大宅賞に値しない虚偽の内容なのか。浅見定雄『にせユダヤ人と日本人』に言及する人は今やほとんどいないが、たとえば近年でも東谷暁(ひがしたにさとし)『山本七平の思想』が刊行されたように、『日本人とユダヤ人』や山本の仕事は今も言及されつづけている。

　その点ひとつとっても、第二回大宅壮一ノンフィクション賞選考委員の全員一致の判断はまだ有効性を保っていると言えるのではないか。確かに『日本人とユダヤ人』は著者名をめぐって読者を欺(あざむ)く仕掛けも用意されていたが、それでもなお、その内容に読むべき点が多いこともまた同じくらいに確かなのだ。

第3章　フィクションとノンフィクションの間

沢木耕太郎『テロルの決算』『一瞬の夏』

自他ともに認める「ノンフィクションの書き手」に『朝日新聞』の書評委員をしていたとき、沢木耕太郎『春に散る』（二〇一六年）を書評の対象作品として選んだことがある。二〇一五年四月一日から二〇一六年八月三十一日までの新聞連載分をまとめ、改稿した上下二巻の書籍を手にして、ずっしりとした重みを感じつつ、沢木という稀代の「語り部」が生きてきた軌跡に思いを馳せずにはいられなかった。

沢木耕太郎の実力を世間に鮮やかに印象づけたのが『テロルの決算』（一九七八年）だったことは言うまでもない。社会党委員長の浅沼稲次郎と、右翼活動家として弱冠十七歳にして公安にマークされていた山口二矢の二つの人生が、一九六〇年十月十二日に東京・日比谷公会堂で開催された党首立会演説会で交錯する。事件の始まりからその後までを余すところなく描き上げた同作品は、一九七九年に第一〇回大宅壮一ノンフィクション賞に輝いている。

その受賞の瞬間が「ノンフィクション作家・沢木耕太郎」の誕生だった。それは比喩的な表現ではない。沢木は作品を書くだけでなく、自作や執筆方法についてしばしば饒舌（じょうぜつ）に書くが、そこで使われている自称の肩書きについても『テロルの決算』前後で変化している。『紙のライオン』（一九八七年）に収録された自作や執筆方法についてのエッセーを見ると、一九七六年五月に発表されている「虚構の誘惑」では逡巡しつつも自らを「ルポルタージュ・ライター」と名乗っていた。一九七七年八月に発表された「完成と破壊」には「ノンフィクションの書き手」という表現が登場するが、一九七八年五月の「取材以前」ではまた「ルポライター」に戻る。

ところが一九七八年九月に発表される「肖像を刻む」では、「ノンフィクションのライター」と自称している。それは『テロルの決算』がまず月刊『文藝春秋』一九七八年一〜三月号に連載され、九月に単行本化された時期と合致する。以後、「ルポライター」と併用することもあるが、「ノンフィクションの書き手」「ノンフィクション・ライター」と自称する習慣はもはや消えることがない。大宅壮一ノンフィクション賞を獲（と）ったことも加わり、沢木は自他ともに認めるノンフィクションの書き手になったと言えるだろう。

『テロルの決算』とニュージャーナリズム

たかが肩書きの変化だが、それが象徴していることがおそらくある。『テロルの決算』で何が変わったのか。そこに「ニュージャーナリズム」の採用があったことに注目したい。

ニュージャーナリズムとは何か。沢木自身の解説を引こう。「ニュージャーナリズムについて」（一九七八年九月、『紙のライオン』所収）と題したエッセーのなかで沢木は、《ニュージャーナリズムという言葉は六〇年代のアメリカに生まれ、七〇年代の後半から日本でも盛んに用いられるようになった》と紹介を始め、当時の日本で翻訳が読めたゲイ・タリーズ『汝の父を敬え』、デイビッド・ハルバースタム『ベスト&ブライテスト』、カール・バーンスタインとボブ・ウッドワードの『最後の日々』を例に挙げて、ニュージャーナリズムの特徴が、事件や人物の断片的な報告ではなく、ひとつの世界を現前させたいという①《「全体」への意志》と、細部の持つ面白さを起爆剤として物語を推進させる②《「細部」への執着》の二点にあると書く。

そしてニュージャーナリズム以前のジョン・ガンサー『回想のローズヴェルト』と、ニュージャーナリズムのバーンスタイン、ウッドワード『最後の日々』とを比較して、前者が「エピソード」を連ねることでローズヴェルトを描こうとするのに対して、後者は精緻でリアルな細部を持った「シーン」を幾重にもかさねることでニクソンを描こうとしていると説明する。

《シーンとは、辞書にあるとおり、舞台であり背景であり場面であり情景であり、つまりそのすべてである。シーンを描くとは、人と人あるいは物と物とが絡み合い言葉やエネルギーが交錯することで生じる「場」を、ひとつの生命体として描くことである。エピソードとは、まさにそのような意味におけるシーンの、干涸らびた残骸にすぎないともいえる。エピソードは常に細部を省略されることによって象徴的なものに転化していき、だからその分だけ虚偽の混入しやすい間隙を作ってしまうことになる。ニュージャーナリストは細部に執着するが、その細部はシーンを描くことによってはじめて全体化されるのだ。》（「ニュージャーナリズムについて」）

この説明を、たとえばニュージャーナリズムを論じた貴重な仕事として、トム・ウルフが米国のニュージャーナリズム作品を編んだアンソロジー集に寄せた序文（『海』一九七四年十二月号に常盤新平（ときわしんぺい）訳で掲載されている）で指摘していた、ニュージャーナリズムの特徴と比べてみる。ウルフが挙げていたのは以下の四つだった。

（イ）場面から場面へ移動しながら描写を積みかさねてゆくこと。
（ロ）会話をそのまま記録すること。
（ハ）三人称の視点。《ジャーナリストは自伝の作者や小説家と同じく、第一人称の視点――「わたしはそこにいた」をしばしばとってきた。しかし、これはジャーナリストにとって窮屈なことである。ジャーナリストはただ一人の登場人物の内部にしか読者を案内できないからだ》。そこで人物の考えや気持ちを探り出し、三人称で書いた。
（ニ）日常の習慣、家具の特徴、衣類、子供や上役などに対する態度、表情、眼つき、ポーズなど、場面にはいってくる象徴的な事実を記録すること。

ウルフは文章の表現面に焦点を当てているので、沢木の言う①《「全体」への意志》には言及していない。それ以外は、言葉使いが異なるものの（ロ）（ニ）は沢木の②《「細部」への執着》に該当すると言える。ウルフが指摘していて沢木にないのは、（ハ）三人称の視点だということになるが、これも後に沢木が書いたエッセー「再び、ニュージャーナリズムについて」（一九八二年四月、『紙のライオン』所収）でカバーされているし、『テロルの決算』が収められた選集『沢木耕太郎ノンフィクションⅦ　1960』巻末の「ナイン・メモリーズⅦ――未完の六月」では、『テロルの決算』は三人称にこだわった作品だと沢木自身が解説している。

こうした沢木のニュージャーナリズム論の正確さは、彼がそれをいかに咀嚼し、我がものとしていたかを物語る。『テロルの決算』はこうしたニュージャーナリズムの正確な理解の下、細部まで描き込んだシーンを連続させて、浅沼暗殺というテロ事件の全体像を現前させる実践となっている。

たとえば山口二矢が日比谷公会堂に到着したシーンは、（ハ）「三人称の視点」で記述するという条件をも満たす典型的なニュージャーナリズムの仕事だ。

《公会堂に着いた二矢は、いざ入ろうとして「入場券のない方はお断わりします」と書いてある貼り紙を見て、愕然とする。二矢は入場するために券が必要だということを知らなかった。どうしようか。諦めるべきなのだろうか……。しかし、二矢は諦めきれずに、しばらくその場にたたずんでいた。

その時、入口には受付として都選管と区選管の八人の職員がいた。ひとりの係員に訊ねると、その券はすでに何日か前に、NHKで配り終えたといった。がっかりすると、その係員が上着のポケットから黙って一枚の入場券を差し出してくれた。券がなくて困惑している学生服の少年をかわいそうに思ったに違いなかった。二矢は礼をいい、その僥倖に昂揚する気持を抑えながら、公会堂の中に入っていった。》(『テロルの決算』)

第一〇回大宅壮一ノンフィクション賞の選考委員(臼井吉見、扇谷正造、開高健、草柳大蔵、千葉源蔵)の選評に言及は特になかったが、前後に書かれていたエッセーにおける用語法の変化をたどると、沢木がこうしたニュージャーナリズムの手法の採用をもって、自らと自作とにそれまで書いていたルポルタージュを超える〝ノンフィクション〟の形容を与えたと考えられる。

ならばニュージャーナリズム以前の「ルポライター沢木」はどのような作品を書いていたのか。あらためて『調査情報』（一九七三年九月号）に発表された初期の作品である「クレイになれなかった男」を見てみよう。

《今やってる金なんとかっていう人ね、ぼくが韓国で試合するといつも前座に出てくるんだな。いつも勝つ、そしてぼくはメインエベントでいつも負ける》

そういってカシアス内藤は少し笑った。そこへ金が引き上げて来た。顔が腫れ、血が流れている。

《勝ったんでしょ？》

内藤が尋ねた。金は一瞬とまどったような表情を見せたが、首を振った。内藤は肩をすくめて、ぼくと顔を見合わせた。しかし悪い辻占ではなかった。いつも前座で勝つ金が今日は負けた。それなら彼のあとで三度が三度とも負けている内藤は、もしかしたら……。ぼくが笑うと、内藤も笑った。互いにチラとそう考えたことがよくわかったからだ。》（「クレイになれなかった男」）

この作品には一人称「ぼく」が登場するので（ハ）「三人称の視点」は満たさない。だが選手とのやり取りをここまで細かく書き込むことは新聞記事ではありえず、ディテールの書き込みはすでに②《「細部」への執着》をクリアしつつある。ただ短篇なので①《「全体」への意志》はもちろん望めない。しかし短篇という形式は主体的に選ばれたわけではなく、当時の沢木が短い記事を雑誌に書く仕事しか与えられなかった「駆け出し」のライターだったという事情による。

つまり沢木は早い時期からニュージャーナリズム作品に通じる作風を試みている。後に沢木自身によって語られたところによれば、方法論について具体的に検討まではしていなかったようだが、ニュージャーナリズム作品の魅力にはおそらく気づいており、短篇のルポを書くたびに自分なりにその応用に挑戦していた。そこで叶えられなかった《「全体」への意志》については、それを実現する執筆の機会を虎視眈々と狙っており、そうした助走の延長上に『テロルの決算』は描かれたのだ。

大宅賞を獲得した沢木は、当然、次作でも①《「全体」への意志》の実現を目指したはずだ。しかし『テロルの決算』を書き上げた後、沢木はなかなか本格的な作品を書かなかった。ようやく一九八〇年三月十七日から「一瞬の夏」が『朝日新聞』に連載されはじめ、それが受賞後第一作と呼ぶにふさわしい本格的な作品になる。

『一瞬の夏』は「クレイになれなかった男」の続篇で、韓国でふがいない試合をして敗れたカシアス内藤がその後、再びリングに立とうとする姿を描く内容だった。その執筆の経緯については、『一瞬の夏』刊行後に沢木が書いた（インタビューを書き起こした？）「可能性としてのノンフィクション――自作を語る」（一九八一年七月、『紙のライオン』所収）で明らかにされる。

《再会した時点から、再起デビュー第一戦を彼が闘い終わるまでは、これを作品として書くかどうかは自分にもわかりませんでした。というのは、その頃、ノンフィクションを書くのがしんどいなと感じていて、しばらくは書くのをやめようと心に決めていたからです。》（「可能性としてのノンフィクション」）

つまり「初めに作品ありき」ではなかった。まず旧知のカシアス内藤の再挑戦のニュースに興味を感じて、そこに立ち会おうとする意志が先行していた。そして沢木は東洋タイトルマッチに挑戦するカシアス内藤のマッチメイクに自身が関わるまでに没頭する。

この《再会から（……）東洋タイトルマッチに到る夏から夏までの一年間》というと、『テロルの決算』を単行本化した時期（一九七八年九月）から大宅壮一ノンフィクション賞受賞までの時期（一九七九年四月）にほぼ該当する。『テロルの決算』が刊行され、新世代のノンフィクション・ライターの誕生に沸く世間を尻目に、沢木自身は《ノンフィクションを書くのがしんどいなと感じて》執筆から逃亡していたのだ。

そんな沢木が執筆作業に戻ったのは、一九七九年八月二十二日に韓国・ソウルで催された朴鐘八（パクチョンパル）との東洋太平洋ミドル級王座決定戦で内藤が敗北を喫した後のこと。カシアス内藤の再挑戦を一年間ずっと撮り続けていたカメラマン内藤利朗（苗字は同じだがカシアス内藤との血縁関係はない）の写真を見たことが大きかったという。自分が主体的に関わった再挑戦の軌跡を時系列に並べた写真を見てゆくと、《何か俺たちはすごいことをやったんじゃないかと思えてきた》と沢木は書いている。

そして、その一年間を素材とするノンフィクション作品を『朝日新聞』に連載しはじめた。そのときにはノンフィクション執筆における方法上の冒険をしたいという気持ちも重なっていたという。「可能性としてのノンフィクション」で沢木は《どうやって「シーン」を書いていくか》について、その方法には二通りあると書く。ひとつは人から聞いて「シーン」を構成すること。関係者に取材を重ね、そのときに何が起きていたのかを再現する。これはニュージャーナリズムの三人称の視点による記述となる。

沢木耕太郎『一瞬の夏』

しかしそこには問題がある。取材対象として情報を提供した関係者は状況を知らせるだけで背景に姿を消すか、再現された「シーン」のなかでその人自身が登場人物に変わる。それについては《取材源が叙述の中で全部塗りつぶされてしまい、取材された結果だけが羅列されていく》（同前）と沢木は書いている。結果として取材源が見えなくなるので、本当に取材がなされていたのか確かめる術がなくなる。そのため《書く当人にすごく厳しい倫理観がないと、歯止めのない泥沼のような偽造、変造の文章が出てきてしまう》（同前）。

沢木がここで意識しているのは、当時話題になっていた『ワシントン・ポスト』紙の捏造記事事件だった。一九八〇年九月に『ワシントン・ポスト』紙はジャネット・クック記者の書いた「ジミーの世界」という長文の記事を報じた。ワシントンに住む八歳のヘロイン常習患者ジミーとその周辺の人々を描いた内容だった。記事には大きな反響があり、ジミーを保護するべきだとの世論の高まりを受けて警察が捜索したが見つからなかった。やがてAP通信がクック記者を調べ、彼女の経歴に詐称を見つける。内部調査でもその記事が功名心に駆られて書かれた捏造だったことが発覚し、『ワシントン・ポスト』紙は記事に与えられたピューリッツァー賞を辞退する。

沢木も取材源を隠してしまう書き方の危うさにかねて気づいていたが、『テロルの決算』でニュージャーナリズムの三人称の視点による記述を採用したときには《自分で自分に厳しいルールを課すことでその問題はなんとか切り抜けられるはずだ》（同前）と思っていた。

《私が最初に三人称の話法によって書いたのが、『テロルの決算』でした。ひとつのストーリーを作るために、いろいろなものを切り落としていき、ギリギリと自分を締めつけていく方法は快感もあったし、その緊張によってそのストーリーが生きてくることも多分にあった。》（同前）

けれども——と沢木は言葉を続ける。やはり釈然としないのだ。むしろ気になったのは捏造への誘惑に常に駆られてしまうことよりも、その文体自体が孕（はら）む問題だった。《何かどうしても、この手法で書いていくノンフィクションは、ちょっと貧しいんじゃないか、少なくとも俺はやせたものを書いてしまったんじゃないかと思いはじめたのです》（同前）。そこでは取材対象の眼を通して状況描写をするしかない。描写が味気ないと感じても、想像力で足したり引いたりしたらノンフィクションではなくなってしまう。これが《ノンフィクションを書くのがしんどいなと感じて》現場から退却していたときの彼の心境だった。

ならばもうひとつの「シーン」の獲得方法を試してみたらどうか。

取材を重ねなくても《自分が見たものなら「シーン」を書ける》。それは駆け出しルポライター時代の作品で実践していたことだった。そんな方法論で最初に沢木が書いたのが、元世界ヘビー級チャンピオンのジョー・フレイジャーとの出会いを書いた「王であれ、道化であれ」

（一九七九年。『王の闇』所収）だった。《『一瞬の夏』を書くためのレッスンの意味があった》（「本人自身による全作品解説」『月刊カドカワ』一九九〇年十二月号）この短篇を踏み台にして、満を持して①《「全体」への意志》を備えた本番に挑む。

それが『一瞬の夏』だ。一節を引く。

《翌日、京浜東北線で横浜に向かった。夏の終わりの静かな午後だった。横浜駅を過ぎ、港と伊勢佐木町を左右に眺めつつ、いくつかの駅を通過して、ようやく目的の山手駅に着く。

土曜日の午後のプラットフォームは喧騒もなく、乗降客も数えるほどしかいなかった。西の空が柔らかな朱色に染まり出している。心細げな蟬（せみ）の声を聞きながら、プラットフォームを改札口に向かって歩みはじめると、ふとこれはいつかと同じだという思いが頭をかすめた。確かにこんなことがいつかもあった。夏、プラットフォーム、蟬の声、そしていまと同じ不安な思い……。いったい、どこのプラットフォームだったろう。

立ち止まり、思い出そうとして、ひとり苦笑した。考えるまでもなかった。それは、五年前の、やはりこのプラットフォームでのことだったからだ。そういえばあの時も夏の静かな午後だった。

釜山での試合を見て、私は失望した。日本に帰ってしばらくして、私は憤りと物悲しさの混り合った奇妙な感情を持てあましながら、このプラットフォームを横切ったのだ。これから向かおうとしているアパートに、その時も向かったのだ。》

「クレイになれなかった男」で書いたカシアス内藤に再び会いにゆく。引用した箇所で沢木は確かに自分で見たシーンしか書いていない。そこで書かれていることは自分の実感として間違いなく確かなものだった。そして描写の密度はかつてを上回る。経験からそれほど時が経過していないこともあり、記憶を遡ればいくらでもディテールは書き込めた。沢木は「可能性としてのノンフィクション」にこう書いている。

《『一瞬の夏』を書こうと思い決めた時、方法論はほとんど自明のことだった。つまり、私が見たものしか書かない方針を徹底化したのです。しかもこれは偶然なんだけれども、私がプロモーターとして関わったカシアス内藤のマッチメークそのものは、書こうとしてやったことではないので、取材なんてしようにもできないが、逆に自分がやってきたことなので、自分の見たものが事件の核心にあった。そういう状況があって初めて、一人称の、いわば「私ノンフィクション」は可能だったような気がします。》

ここで沢木が「事件」という表現を用いていることに注目したい。それはもちろん犯罪という意味の事件ではない。単なる日常の出来事を越えた、ドラマ性をもった出来事ということだろう。そうした事件のなかにいたからこそ、見たものしか書かない方針を徹底させて作品が書けた。

そして、その作品は対象となった「事件」のドラマ性を反映させた始まりがあり、終わりがある「物語」になる。

「物語」への志向

たとえば『テロルの決算』は「浅沼稲次郎」が「殺される」物語だった。そこに暗殺事件が起こるまでの経緯や、暗殺者としての「山口二矢」が「殺す」サブストーリーが組み合わされて「物語」を立体化しているが、いずれにせよ、始まりから終わりまでを描くことで出来事が「物語」に変わる。ニュージャーナリズムの①《「全体」への意志》とは、こうした「物語」をひとつの作品として書くことへの意志と言い換えることができる。

先に沢木がニュージャーナリズムの導入をもって自作をノンフィクションと呼び、自らをノンフィクション・ライターと称するようになったと書いたが、沢木にとってニュージャーナリズムから学んだ最重要の特徴は、①《「全体」への意志》を改めた、①「物語」への意志だったのではないか。部分ではなく、ひとつの「物語」の全体を志向するルポこそノンフィクションであり、そんな「物語的な文章」を書くことを志向するルポライターこそノンフィクション・

ライターだと考えていたのではないか。
（ハ）三人称の視点は、実は『テロルの決算』でも採用されていた。とはいえ、二矢の供述調書（を掲載した資料）からの引用と思われる、二矢が一人称で語っている、原文で《　》でくくられていた記述を随所に挟み込む、三人称のニュージャーナリズムとしては異例の構成を取ったために徹底を欠いていた。だがそれは、二矢の内面をすべて三人称で記述してしまうことで、取材源が叙述のなかで全部塗りつぶされてしまうことを避けようとした沢木の倫理観の産物だったのかもしれない。

言葉を変えれば、「三人称の視点」による記述は、倫理的に放棄可能なもの、沢木にとって絶対的なものではなかったということでもあろう。実際、『王の闇』（一九八九年）に収められた作品のなかにも、他者の視点を借りて一人称で書くなど、後の『檀』（一九九五年）の先駆けとなった記述もあり、沢木が「ニュージャーナリズムの三人称」をあくまでもひとつの選択肢としていた事情がうかがえる。

そして、『一瞬の夏』では三人称の視点による記述は完全に放棄されている。一方で、②《「細部」への執着》はニュージャーナリズム以前より沢木が執着していたことだ。そう考えると、②《「細部」への執着》を強化しつつ、①「物語」への意志を実現させることこそ、沢木にとってノンフィクションの本質であり、その意味では『テロルの決算』と『一瞬の夏』の間に大きな差はなかったということになる。

構成の変更に込められた意図

『テロルの決算』が最初に月刊誌（『文藝春秋』一九七八年一～三月号）に発表された後に単行本化される際に、沢木は構成にかなり手を入れている。月刊誌では、まず刺殺事件が描かれ、浅沼の社会党葬のシーンがそれに続き、カレンダーをわずかに遡って暗殺翌日の社会党臨時大会の様子が描かれる。そして節が改められ、暗殺者・山口二矢が十七歳とあまりにも若いので、誰かに命令されてテロに走ったのではないかとみなす説が紹介され、それを否定するもうひとつの説が紹介される。


《二矢の死後、右翼の間にひとつの説が流布されるようになった。

それは「二矢伝説」とでもいうべきもので、もしそれが真実だとするなら、二矢という人間の個性と浅沼暗殺事件の全体を考える上に極めて重要な意味を持つことになる。

その「伝説」とは――

山口二矢は浅沼稲次郎を一度、二度と刺し、もう一突きしようと身構えた時、何人もの刑事や係官に飛びかかられ、後から羽交い絞めにされた。その瞬間、ひとりの刑事が二矢の構えた短刀を、刃の上から素手で把んだ。二矢は、浅沼を刺したあと、返す刃で自らを刺し、その場で自決する覚悟を持っていた。しかし、その刃を握られてしまった。自決するためには刀を抜き取らなくてはならない。思いきり引けばその手から抜けないこともない。しかし、そうすれば、その男の手はバラバラになってしまうだろう。二矢は、一瞬、正対した刑事の顔を見つめた。そして、ついに、自決することを断念し、刀の柄から静かに手を離した……。》(『文藝春秋』一九七八年二月号)

この後、節が再び改まり、舞台も一転して一九七七年、つまり作品が執筆されていた時点に時制が転じる。東京・広尾の外科医院を「ひとりの若い男」が訪ね、医師に掌に刀傷を負った刑事を診察し、治療した記憶がないかと訊ねる。医師は守秘義務から遠回しにしか返答しなかったが、その刑事の傷は浅かったことを説明する。

それこそ先の「伝説」が確かめられた瞬間だった。二矢は刑事に深手を負わせることをためらい、刀を引き抜くことを止めた。二矢はそこまで一瞬にして考慮できる成熟した人物であり、使い走りの〝鉄砲玉〟ではなかった。そう確認した上で、雑誌連載時の『テロルの決算』は二矢が暗殺に至る過程を追ってゆく。

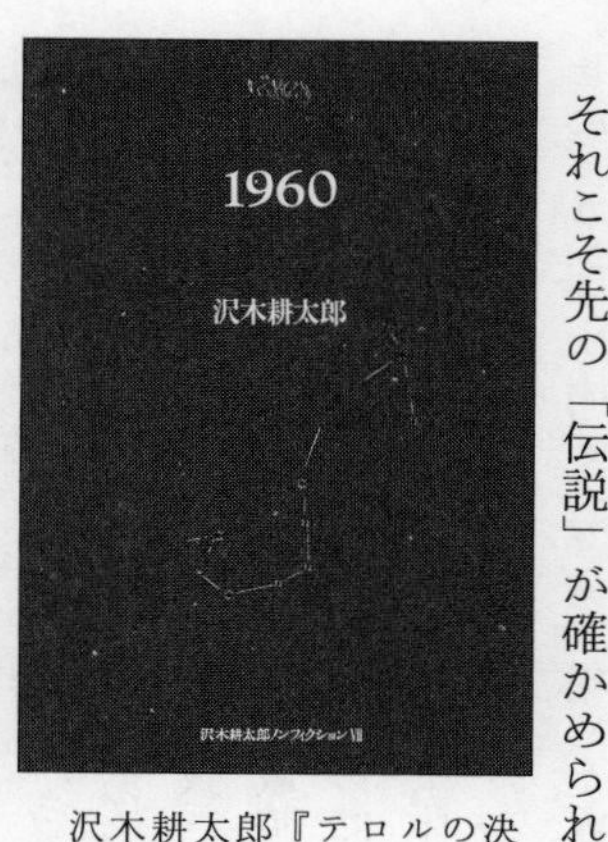

沢木耕太郎『テロルの決算』(選集版)

　単行本ではどうか。社会党葬の箇所は二分割され、前半は雑誌掲載時と同じく冒頭に登場するが、草野心平の追悼詩を望月優子（女優。のち社会党参議院議員）が朗読する感動的なシーンは分割されて第六章末に移された。そして丸の内署に勾留された二矢が取り調べを受ける様子、丸の内署から練馬の東京少年鑑別所に送致された直後に自決に至る様子は第七章「最後の晩餐」へ。最終章「伝説、再び」に、雑誌掲載時は初回に登場していた外科医院を訪ねるシーンが移されている。沢木は物語をドラマチックに描き出すために推敲を重ねていた。

『一瞬の夏』でも同じだ。物語の全体性への執着を特に強く感じさせるのは、単行本から文庫化されたときにさらに改稿されていることだ。かつて沢木に『一瞬の夏』を書こうと思いたたせた、カシアス内藤の写真を集めた写真集『ラストファイト』（一九八一年）に寄せた文章「リア」を、文庫本では巻末解説として添えるのではなく、単行本時の最終章だった第十二章に続く新たな最終章として作品本文に加えている。

第十二章まででもドラマ性は十分に強かったが、さらにこの一章を加えることによって、カシアス・クレイになれなかった男＝内藤が、自分の娘にモハメド・アリの名を逆さまにした「リア」と名付けるエピソードが加わる。それは偉大すぎるボクサーにあやかろうとした身のほど知らずのリングネームに翻弄されたかのように、ボクサーとして大成できなかった男が、娘を持って自らの青春時代を卒業し、大人になったことを示す、物語の終幕としてなんとふさわしいエピソードであることか。新聞連載時に書けなかった話でも、物語のドラマ性を高めるとあれば大団円に加える。そこにも物語の全体を描き出そうとする志向を感じる。

しかも、それは沢木の想像力で描き出された物語ではないのだ。カシアス内藤というボクサーの実話である。書き手としてそのドラマチックな〝事件〟に立ち会えたからこそ、『一瞬の夏』は書かれえた。ジョー・フレイジャーを書いた「王であれ、道化であれ」も自分の見たままを書く一人称の「私ノンフィクション」の習作たりえているが、そこでは傍観者の域を脱しておらず、当事者、さらに言えば〝事件＝物語〟の共犯者にはなりえていない。

もちろんボクシングに魅力を感じ、ボクサーのルポを描こうとして、「クレイになれなかった男」でカシアス内藤を題材にしていた助走があってこそ、黒人とのハーフのボクサーとプライベートまで含めた特別な関係が切り結べて「一瞬の夏」の伴走が可能となった。

しかし、その内藤が現役復帰を願うことまで当初から予想していたわけではない。だからこそ、沢木はこう書かざるをえないのだ。

《少なくともボクシングについてはもう書かないでしょう。先の話はわかりませんが、ひとりの人間と同伴しながら生きていき、その結果を書くのは、もう本当にあり得ないのかもしれない。その意味では、『一瞬の夏』は私にとって最も幸せな作品で、こんな幸運が二度と起こるはずがないと思うんです。

カシアス内藤と一緒に行動した体験自体、御褒美をもらったようなものですからね。更に『一瞬の夏』は、その付録として書かせてもらったような感じです。一年間一生懸命に生きてきたあげくの付録で、こんな幸運な作品が書けたのは、まさにおまけ付きグリコでありがたかったけれど、こういう幸運を経験してしまったら、これから後、書くのがちょっと辛くなる気がします。》（「可能性としてのノンフィクション」）

しかし、本音では沢木はその後もチャンスを虎視眈々とうかがっていたのではないか。だが、少なくともボクシングの世界で〝事件〟と同伴できる幸運には巡り会えなかった。そして若々しかった沢木自身も老いて（沢木は一九四七年生まれ）、『一瞬の夏』と同じ取材スタイルを取ることは、たとえ万が一の幸運に恵まれても体力的に許さなくなりつつあった。

フィクションで内面を描く

そんな年齢になった沢木は小説でボクシングを書くことを試みる。それが『春に散る』だった。それぞれに生きづらさのなかで喘（あえ）いでいた四人の元ボクサーが青年にボクシングを教える小説は、ボクシングに通暁（つうぎょう）した沢木だから書けた作品だった。

だが、『一瞬の夏』の感動は再び訪れない。実在したドラマは、作り物のドラマより強烈だ。それが、いかに奇跡的な出来事だったか、読者は思い知り、感動する。ノンフィクションの感動の質については、沢木自身が誰よりも知っていたことだった。『朝日新聞』が一九九四年二月一日（夕刊）より連載した「ノンフィクション考」で取材を受けて、沢木はこう語っている。

《知りたいものが外部にあるときは、フィクションという形態はとりたくない。しかし、内部にあるときは、ノンフィクションでもいいが、フィクションというスタイルも考えられる》（インタビュアーは都築和人記者）。

確かに沢木はいくつかフィクションを手がけている。たとえば『血の味』（二〇〇〇年）は父親を刺殺する少年の話だが、これは「外部」の少年犯罪の加害者のストーリーと言うよりも、人間の「内面」、特に自分自身の「内面」に迫ろうとした作品だった。内面を書くときにしかフィクションの手法を取らないというルールを沢木は厳密に適用してきた。

しかし『春に散る』でそれが破られた。そこに描かれているのは「内面」ではない。おそらく「物語」を書きたいという渇望が作者に強くあったが、ドラマたりえる現実には出会えなかった。もちろん未来はどうなるかわからない。しかしこれから出会いがあっても自分の体力がボクサーとの伴走を許すだろうか。試合終了のゴングがもうすぐ鳴るのに決定打を繰り出せない、そんな焦りのなかで『春に散る』は書かれたのではなかったか。そこでは「内面」を描くという内容ではなく、「事件」に伴走する可能性への断念が、フィクションという形式を選択させたように思える。

ただ、それが失敗作だとは切り捨てたくない。『春に散る』は世代を超えてボクシングを伝えていく小説だ。ボクシング、そして同じ『朝日新聞』連載という共通性もあり、誰もが『一瞬の夏』を思い出すだろう。その連想のなかで鮮やかに示されるのは、ノンフィクションでドラマを書くことの破壊力だ。『春に散る』はボクシングでいう「嚙ませ犬」のような位置にある。「嚙ませ犬」として選ばれたボクサーはただ負けるのではない。王者の強さを際立たせることに彼の存在価値がある。

『春に散る』は「ノンフィクションで描かれた物語」の奇跡のような崇高さを逆説的に際立たせる。そんな小説が世代交代の物語であったことは、果たして偶然だったのだろうか。沢木はノンフィクションを目指す若手に第二、第三の『一瞬の夏』を書くように求め、「ノンフィクションの物語」のバトンを次世代に送り渡そうとしたのではないか。それが、その上下二巻本を読み終えたときに抱いた感想だった。

第4章　ノンフィクションとジェンダー

鈴木俊子『誰も書かなかったソ連』
桐島洋子『淋しいアメリカ人』
中津燎子『なんで英語やるの?』
家田荘子『私を抱いてそしてキスして』
井田真木子『プロレス少女伝説』

初期の大宅賞は男女ペア路線だった？

大宅壮一ノンフィクション賞が幕開けの第一回（一九七〇年）に尾川正二『極限のなかの人間』と石牟礼道子『苦海浄土』を選んだが、石牟礼が辞退したことはすでに記した。

その後の大宅賞の受賞者を見ていくと興味深い傾向がうかがえる。

第二回（一九七一年）の受賞作のひとつは、これもすでに取り上げたイザヤ・ベンダサン『日本人とユダヤ人』だったが、もう一作は鈴木俊子『誰も書かなかったソ連』だ。第三回は航空機事故をテーマにした柳田邦男『マッハの恐怖』と桐島洋子『淋しいアメリカ人』。第四回が鈴木明「「南京大虐殺」のまぼろし」と山崎朋子『サンダカン八番娼館』。第五回が後藤杜三『わが久保田万太郎』と中津燎子『なんで英語やるの？』、第六回が袖井林二郎『マッカーサーの二千日』と吉野せい『洟をたらした神』である。

つまり六回目までは一貫して男女ペアでの受賞なのだ。主催する日本文学振興会のウェブサイトにある賞の説明には、男女に受賞作を割り振る決まりだったとは書いていないので、選考サイドで選んだ結果が男女一作ずつになったということだろう。だが、これは果たして偶然だったのだろうか。

この「慣例」が破られるのが一九七六年の第七回で、深田祐介（ふかだゆうすけ）『新西洋事情』のみが受賞し、結果的に女性は賞から漏れている。翌年の第八回では上前淳一郎（うえまえじゅんいちろう）『太平洋の生還者』に対して木村治美（きむらはるみ）『黄昏（たそがれ）のロンドンから』を選んで男女ペア路線に復帰するが、第九回で再び男性作家の伊佐千尋（いさちひろ）『逆転』のみが受賞。沢木耕太郎が『テロルの決算』で受賞した第一〇回は近藤紘一（こんどうこういち）『サイゴンから来た妻と娘』がもうひとつの受賞作になって、初めて男性作家だけで二席が埋まる。

このように第六回までは毎回、律儀に男女に振り分けていたという意味で、大宅賞史上、異色の時期となる。そしてこの第六回までの女性作家の作品を見てゆくと、内容的にも特徴があるように思える。

鈴木俊子『誰も書かなかったソ連』

鈴木俊子『誰も書かなかったソ連』は、ソ連時代の一九六六年から六九年まで、『産経新聞』のモスクワ特派員になった夫に同行して訪ソした妻のモスクワ見聞記だ。

出来事や事件をその発生に遡って描きはじめ、なんらかの結末に至る過程を描く、〝物語の構造〟を持つのが普通になっている最近のノンフィクション作品に比べると、この作品は目撃した事実をそのつど書き留めた、より「事実的な文章」、つまり素朴なジャーナリズム的文章で綴られている。ただ扱われるのが政治的な事件や出来事ではないので、今にして思えば日常雑記的なエッセーを一冊にしたという印象が強く、「これが大宅壮一ノンフィクション賞の受賞作なのか？」と感じてしまう。それは大宅賞初期の作品の多くに通じる印象でもあり、『日本人とユダヤ人』などもエッセー的な作品であった。

しかし、そのなかで初期の女性作品を並べてみると、エッセー的であることとはまた別の特徴が見受けられる。たとえば『誰もかかなかったソ連』は、一言で述べれば〝海外事情を等身大で描いた〟作品だ。

書き出しは《モスクワでの私たちの生活は「カゴの鳥」のようなものだった》。なぜかといえば《モスクワの外国人のうち、長期居住を認められている外交官、特派員、一部の商社関係者は、指定されたビルにまとめられ、ソ連市民からまったく隔離されて暮らしている》からだ。

しかし著者は《カゴの鳥》の受動的境遇に甘んじない。自分たちの住居でもある《外人ビル》の他の住人や、そこを訪ねる人々の様子を記録し、監視役の警察官を観察する能動性を発揮する。クルマを持っていても外国人はモスクワの中心から四〇キロメートル以上離れることは許されていないので、ならば、とモスクワ市内を見物して回る。そんな著者によって記録されるのはモスクワでの生活で目撃された事実＝ファクトだ。大きな物語構造でくることなくファクトを書き連ねている作品にノンフィクションの賞を与えることに、この時期の選考委員は疑いをもっていない。

外貨を交換した金券（ドル券）しか使えない外国人向けのドルショップを訪ねては、そこで売られている商品を細かくチェックする。やがてドルショップ内での取材では飽き足りなくなり、《カゴ》から少しだけ逃げ出して、モスクワ市民が買い物をする一般商店に出向いてみる。必要なものは外貨で買うので一般商店訪問の目的は買い物ではない。物価を調べてみようと思ったのだ。しかしこの挑戦は店員の厳しい視線に制されて不発に終わる。著者はそれに懲りて観察を止めようとはしない。次には娘を助手としてつれてゆき、あらかじめ調べる対象の商品を定めて店に入り、二人で値段を記憶して、店から出た後にメモに書き留めた。そんな苦心の成果が巻末に「物価表（1969年夏・モスクワ調べ）」として掲載されている。この図表こそ等身大で描き出された海外事情の典型だろう。

鈴木俊子『誰も書かなかったソ連』

ちなみに大宅賞選考委員だった扇谷正造はこの箇所が特にお気に入りで、『文藝春秋』（一九七一年五月号）に掲載された選評にこう書いている。

《私は、日本の主婦が海外旅行するなら、〃一個の玉ネギを通して〃という角度が欲しいといつも思っていた。この本は、私の宿願を果してくれた。巻末に十二ページの物価表がつけてある。そのたった十二ページの数字を書き留めるまで、たぶん作者と娘さんとは何ヵ月もかかったことだろうと思う。この表の一行一行にこめられた行間の意味を汲みとられたい。》

では、そこにこめられた行間の意味とはなんだったのか。一九七〇年にサンケイ新聞社出版局から刊行された単行本のあとがきで著者は以下のように書いている。

《モスクワに赴任する主人とともに任地におもむくにあたって、私はソ連の事情、わけても生活上のあれこれについて、正確に知りたいと思った。本も読み、人に聞いても回った。だが公式的なことはわかったけれども、ソ連市民の衣食住がどんなふうなのか、社会の風潮や物の考え方はどうなのかが、少しもわからなかった。

このため、慣れない土地でよけいに苦労したわけだが、在ソ三年間に見聞したものを知ってもらいたいという、ごく素朴な願いが結晶したわけだ。》

これを読めば、自分はソ連転勤で苦労したので、これから赴任する人が同じ思いをしないように、現地の生活の実際を経験者として伝えたいと考えた。そんな〝親切心の産物〟の作品だったと感じる。

ただ、それはそれほど純情にして素朴な願いでも実はなかったようだ。一九七九年に文春文庫版が刊行されているが、そのあとがきになるとより正直に当時の心情を吐露している。

《私がソ連へ旅立った頃——一九六〇年代の半ば——に多くの日本人が持っていたソ連像は「社会主義はすばらしい」という社会主義神話に強く影響されたものだった。それでいて、ソ連社会の具体的なことは驚くほど知られていなかった。》（「その後のソ連事情〈文庫版によせて〉」）

ソ連の生活事情はただ伝えられていないのではなかった。社会主義礼讃のヴェールが生活の実態を覆い隠していた。著者はそんなヴェールを破ろうとして、モスクワの町中を果敢に取材して回っていたのだ。ここに至って、この作品が単なる身辺雑記的に事実を記録したものではなく、書き手なりの「物語る意欲」の産物であったことが明らかになる。『誰も書かなかったソ連』は間違いなく鈴木俊子という一人の語り手の作品だったのだ。

時流に対抗する作品を求めて

ここで少し回り道をしてみよう。第1章で石牟礼道子の大宅賞辞退の経緯に触れたとき、日本文化会議の機関紙の出版元になろうとして社内から激しい抵抗を受けた社長の池島信平が、方向転換して『諸君！』を創刊（一九六九年七月）したことを書いた。では当時、池島は何を考えていたのか。

『諸君！』創刊よりかなり前のことになるが、池島の著書『雑誌記者』（一九五八年）にこんな記述がある。

《戦後、怒濤のように押し寄せた民主化運動、その多くのものは階級闘争と社会革新のスローガンを掲げて、一挙に古い日本を粉砕しようとした。》

《きのうまで神州不滅とか、天皇帰一とか、夢のようなことをいっていた連中が、一夜にして日本を四等国と罵り、天皇をヒロヒトと呼びすてにしている。にがにがしいと思った。よろしい、みなさんがその料簡なら、こちらは反動ではないが、これからは、保守派でゆきましょうと思った。》

月刊『文藝春秋』は大部数に育ち、すでに自他ともに国民雑誌を任じていた。そんな『文藝春秋』とは一味違う、機動力溢れるオピニオン雑誌を作る。それが『諸君！』だった。

そうした『諸君！』らしさを凝縮した一文が創刊号（一九六九年七月号）にすでに掲載されていたのを見落としてはならない。科学技術史家の筑波常治（つくばひさはる）「「われわれ」という言葉をやめよう」という寄稿だ。

《「われわれは――」と絶叫するとき、その人間は無自覚にせよ、つぎのような行為を演じている。まず当人のほかにも、同意見の者がいく人もいること、つまり「いましゃべっていることは、自分だけでなく、ほかにも同じ考えの者がいるのだぞ」ということを宣伝している。その宣伝は同時に、「これは大ぜいの者が信じているのだから、したがってただしいのだ」とするあしき意味での多数決の偏重につうじるものである。しかし真理はつねに多数によって支持されるがわにあるとはかぎらない。むしろ孤独な人間が、他の大ぜいに先んじて、それに到達したという歴史的事実も少なくないのである。それを無視して、多数のゴリ押しでいいぶんをとおそうとする態度が、「われわれ」という一人称の絶叫にはふくまれている。》

われわれはと絶叫する――、それが学生運動のシュプレヒコールを指していたことは、当時の情勢を思えば想像に難くない。『諸君！』が「革新幻想」を仮想敵としていたことは竹内洋（たけうちよう）『革新幻想の戦後史』でも指摘されている。

そして、この寄稿は池島が書いたと思われる「創刊にあたって」と見事に対応している。そこには《わたくしたちは沈黙している、あるいは無視されている路傍の石ではありません。／正しい発言をしましょう。諸君、本当の事実を知る権利を行使しましょう》と書かれていた。『諸君！』は「われわれ」を主語にして叫ぶ革新勢力に抗おうとした雑誌だった。だが、そもそもが日本文化会議の機関紙として刊行される予定だったことからもわかるように、時流に抵抗する組織を背景に控えさせており、そこでは寄稿者の小さな「われわれ」を形成する。そうである以上、筑波のいう《「これは大ぜいの者が信じているのだから、したがってただしいのだ」とするあしき意味での多数決の偏重》を小さなスケールで体現してしまう。

こうした事情は時代を下るにつれて、特段の問題意識をもたれなくなり、『諸君！』を保守論壇誌として定着させてゆくことになるが、池島はあくまでもよりナイーブに、一人で声を上げる者はいないかと期待していたのではないか。無視され、沈黙していた路傍の石が声を上げる場を作る。しかし、ひとつの雑誌に集ったからといって路傍の石が大きな岩になるわけでもない。

鈴木という著者が一人で語った「物語るジャーナリズム」の作品だった『誰も書かなかったソ連』は、そんな池島のイメージに応える作品だったのではないだろうか。池島は大宅賞の選考委員に名を連ねているが、文藝春秋代表として加わっていたからだろう、選評を書き残していないために具体的な裏付けは取れない。だが当時の池島や『諸君！』創刊をめぐる状況を踏まえると、鈴木作品がノミネートされ、受賞にいたった経緯に池島の意向の存在を推理したくなる。それは《「社会主義はすばらしい」という社会主義神話に強く影響された》世間のなかでひっそりと《沈黙している、あるいは無視されている路傍の石》であることをやめようとした一人の書き手の語りなのだ。

そして、同時にそれは、ある種の必然として女性の作品になったのではないか。一人で声を上げる者は運動体の一員であってはならない。時代の主流派に対して対抗的なものであろうとしたとしても、それ自体が運動体を構成するのであれば、そこからも距離を置かないといけない。そうしたスタンスを、組織人になることが今よりももっともっと普通だった当時の男性の書き手が採用するのは難しかった。その点、女性の社会進出がまだまだ進んでいなかった時期ゆえに、女性は組織人になれず、一人になってしまう。それを女性のほうが一人になれるとプラスの価値で捉える。鈴木はイデオロギーにからめとられることなく、何かの組織を代表することなく、物価を細々と書き込んだ行間から、革新思想で駆動されている社会の真実の姿を浮き彫りにする。一人の女性である主婦が備えている具体的な生活感覚がファクトを持って語る作品を成立させた。

そしてそれは、意外に思われるだろうが、第一回受賞作『極限のなかの人間』の流れも継いでいる。池島は第二次世界大戦の戦記ものがひとつのジャンルとして成立すると考えた。戦場という異常な環境のなかで発露する人間性。それは間違いなく読むに値するものだと考え、

『文藝春秋』でもしばしば取り上げてきていた。その延長上に尾川の戦記は位置づけられるが、戦記は第二次世界大戦を背景にしなくても書ける。多くの家事をこなし、物価の推移に細かく気を遣いながら毎日買い物に歩く主婦もまた、「常在戦場」の境地で生きているのだ。共産主義時代のソ連の首都モスクワという全く勝手の違う、孤立無援の空間のなかでこそ、その日々の記録は一層、戦記的性格を帯びる。

桐島洋子『淋しいアメリカ人』

第三回(一九七二年)の受賞作となった桐島洋子『淋しいアメリカ人』は、アメリカに滞在した自由奔放(ほんぽう)なシングルマザーの報告で、主婦感覚でモスクワの辛気臭い暮らしをレポートした『誰も書かなかったソ連』と、まさに水と油のような内容ではあるが、実は相通じる特徴を備えている。

『誰も書かなかったソ連』に、文学者の機関紙に住宅建設の記事が掲載され、それに対して多くの反響が寄せられたことを入り口に、モスクワの住宅事情を論じる箇所があるが、『淋しいアメリカ人』でも、街角の新聞スタンドに置かれている『フリー・プレス』(ロサンゼルスの商業紙)の個人広告欄——性的なパートナーを求める——が話の入り口になっている。組織を後ろ盾とする特権的なジャーナリストとして異国に滞在しているわけではなく、政府関係者やマスコミ関係者と情報交換する機会もないので、鈴木も桐島も、情報に対してはまず受け手の立場で接するしかない。

しかしその不自由な限定がノンフィクションの可能性を開く。

《二年前にはじめてアメリカに渡った時、私はしばらく典型的中産家庭に下宿して、コチコチに真面目な共和党員夫妻の世話になっていた。

ある日、街で何気なく買ったフリー・プレスを持ち帰り、居間でひろげてたまたま目に入った広告欄を読み始めたら、それが思いもかけない妻まじさ。はじめは呆気にとられて目を疑い、気をとり直して熟読玩味、とうとう嬉しくなって笑い出したら、当惑した顔つきで見守っていたその家の主人が、ついにたまりかねたように叫んだのである。

「洋子、お願いだから、その悪魔の新聞を二度と再びこの家に持ち込まないでくれないか。

（……）」》

桐島洋子『淋しいアメリカ人』

そう言われて下宿での行動には気をつけるようになったが、好奇心は抑えきれない。この展開はドルショップでの観察に飽き足りず、一般商店に足を延ばした鈴木と同じだ。

桐島は個人広告のなかから六つを選び出し、《二十五歳の中国女性》《ミス・リリー・ヤン》と身分を偽って、記載されている連絡先に返信を送ってみた。すると六つが六つとも返事が戻り、そのなかから《32歳白人、5フィート9インチ、筋肉質で容姿端麗、カリフォルニア大卒》の高校教師マイク・スペンサーと桐島は実際に会ってみる。結構なインテリで個人広告の裏側の世界について彼から多くを教えられた桐島は、『フリー・プレス』にしばしば告知広告が出ている〝スウィンギング・パーティー〟――カップルで参加し、自分のパートナー以外と気の向くままに性的関係を結ぶ乱交パーティー――へのアテンドまで彼に依頼するのだ。

大宅賞の選評で臼井吉見は《『淋しいアメリカ人』は、僕のような老兵には刺戟が強烈すぎていささか閉口の気味がなくはないが》と前置きしつつ、《もろもろのアメリカ論議を圧倒するだけの迫真性があって、アメリカ文明のさいはてに追いつめられた人間の孤独と荒涼を報告してあますところがない。才筆でもある》と褒める（『文藝春秋』一九七二年五月号）。

桐島もまたアメリカを舞台にして身体を張って戦った。この作品もさまざまな意味で女性にしか書けないものだ。主婦ではなく、未婚の母でありながら子どもたちを各所に預けてアメリカを放浪していた自由人の桐島に生活防衛の戦いという印象は全くといっていいほどないが、女性だからこそ個人広告欄からのやり取りで相手男性の懐のなかに深く入れた事情があったことは間違いない。男が男社会で行う取材とは別次元の、プライバシーの領域に速攻で切り込んでゆくスタイルは、正直な話、当時の桐島の性別と年齢という条件なしには取りえなかっただろう。少なくとも文章上は、桐島自身が危うい目にあったシーンは書かれていないが、一歩間違えば作品化どころか生命の危険もあったかもしれない。桐島もまた「常在戦場」を体現していたのだ。

そして、そこには、ベトナム戦争からペンタゴン・ペーパーズ事件（対ベトナム政策の決定過程や秘密工作をまとめた非公開の政府報告書を『ニューヨーク・タイムズ』紙がスクープ連載）、ウォーターゲート事件、と政治の季節を迎えていたアメリカで、正義をめぐるジャーナリズム対政府の戦いとは別の角度からアメリカが描かれている。当時の日本で、アメリカ人に「淋しい」という形容をつけることは画期的だったはずだ。身ひとつでその懐深く飛び込む女性に対して、アメリカは肥大した上半身と下半身を持て余して逡巡する、どこか寂しげな「等身大の姿」を示した。

こうした作品を前に、大宅賞の選考委員たちは女性が切り開く新しいノンフィクションの地平を実感しはじめていたのではないか。その意味で毎回、男女に振り分けていたのは、男女同数の公平性を狙ったポリティカルコレクトネスの産物と言うよりも、新しい可能性に期待する戦略的な選考だったとも言えそうだ。

『淋しいアメリカ人』の単行本としての刊行は一九七一年、翌七二年に大宅賞を受賞し、七五年に文庫化された。その「文庫版あとがき」で桐島はこう書いている。

《「淋しいアメリカ人」を書き上げてから一年後の春、私は第三回大宅壮一ノンフィクション賞受賞の知らせを聞いた。》

《受賞式の席上で故・池島信平社長が「桐島クンはもとわが社の不良社員でありまして……」と、〝放蕩娘〟の帰宅を暖く祝福して下さるのを聞きながら、私は十数年前文藝春秋の新入社員として、販売部の窓口で当時のベスト・セラーだった大宅氏の「世界の裏街道を行く」をせっせと売りまくっていた自分の姿を思い返していた。》

第三回の大宅賞に際しても池島は選評を書き残していなかったが、桐島の記述を通じて、池島が自ら率いる文藝春秋で育った才能の開花を喜んでいたことがうかがえる。この作品も鈴木の『誰も書かなかったソ連』と並んで「池島信平枠」、さらに言えば〝「われわれ」の声を前に沈黙せずに自由にものを言おう〟と宣言して創刊された『諸君!』に込められた池島の思いを反映した受賞と言えるのかもしれない。

山崎朋子『サンダカン八番娼館』

次いで第四回（一九七三年）の大宅賞では、まさにその『諸君!』に掲載（一九七二年四、八、十月号）された論文から鈴木明「「南京大虐殺」のまぼろし」が受賞した。ここまで「池島枠」「諸君!枠」という概念を用いてきたが、桐島を送り出した第三回が池島の関わった最後の大宅賞となり、その後、文藝春秋から審査に加わるのは澤村三木男に代わっている。

そこで選考の性格も変わった印象がある（臼井吉見、扇谷正造、開高健、草柳大蔵の四委員はそのまま留任しているが）。『諸君！』連載を受賞作とした、その意味では文字どおり「諸君！枠」と言えそうな「「南京大虐殺」のまぼろし」だが、第2章で触れた本多勝一『中国の旅』に始まる、いわゆる〝百人斬り論争〟で、本多を批判する一方の立場を代表するもの。背後には反本多、反『朝日』の多数勢力を背負っており、「われわれ」に向かって物怖じせずにものを言う一人の書き手という印象は薄くなっている。

そして「一人で戦う女性」という立場からも、足踏みないし若干の後退を感じる。

第四回の女性受賞者となった山崎朋子の『サンダカン八番娼館』は、「からゆきさん」の女性に女性が聞き取りを行うスタイルは採っているものの、女性だから聞き取れた仕事と言えるかどうか。というのも、そこで山崎は《海外に連れ出され、そこで異国人を客》とした「出稼ぎ」女性に近代日本史上最も悲惨な存在として注目するというステレオタイプの見方を踏まえているからであり、こうした「からゆきさん＝底辺女性」とする価値観は近代日本で生成され、男女を問わず担っていたものだったからだ。

それに対して山崎に先んじて元海外「出稼ぎ」女性への聞き取りを行った森崎和江は、彼女たちが異国の地においてなお日本人のアイデンティティを持ちつづけ、結果として自らが日本の海外膨張主義の「先兵」となってしまう屈折した自縛の構図を浮かび上がらせていた。それこそ同性ゆえのきめ細かな聞き取りの成果と言えるのではないか。森崎は「抑圧された性」のひと言ではくくれない海外「出稼ぎ」女性の実態が、《いたましげに寄りそいつつ、自らの生活態度をくずそうとはしない市民的なまなざし》(「からゆきさんが抱いた世界」『現代の眼』一九七四年六月号)によって見失われがちだとして暗に『サンダカン八番娼館』を批判していた。

市民としての「われわれ」が前提とされている『サンダカン八番娼館』を選んだことで、一人の女性が海外事情を等身大で描く、それまでの大宅賞の女性ノンフィクション路線は一歩後退した印象がある。ただ、この回はそれまでになく多くの女性作者の作品が候補作に入っていることが特徴的で、選評のなかで開高健が《今回のは全体に水準が高く、しかも八人の候補者のうち六人まで筆者が女性であるので、何事かを暗示されるようでもあった》(『文藝春秋』一九七三年五月号)と書いている。それまで女性作品を選んできた経緯が、応募作の増加、作品のレベルアップにつながっていったのではないか。

中津燎子『なんで英語やるの?』と吉野せい『洟をたらした神』

そんな第四回を経て第五回(一九七四年)には、第三回までの「池島枠」「諸君!枠」の印象を引き継ぐ作品が再び受賞する。中津燎子『なんで英語やるの?』だ。著者の中津は戦後、国連軍の電話交換手として働くために日系二世の男性に英語を習った。彼の教育法は徹底して英語の発音を身につけさせるものだった。そのうちに縁あって米国に留学、そのときにも電話交換台でアルバイトをしている。在米中に結婚し、一九六五年に帰国。岩手県で今度は自分が英語を教えはじめる。

その格闘ぶりはまさに〝アメリカ〟をたった一人で体現して立ち回る女性という印象だ。日本人の女子高校生が発音する日本的な英語が中津には一言もわからない。There are、It isを、英語風だと信じ込んで「ゼアララ」「イリズ」と一続きに発音する習慣を直すために、中津は莫大な努力をする。

それはまず言語に向き合う身体の問題である。中津は英語と日本語の違いが単語や文法だけではないと考えている。まず発声法からして異なるのだ、と。

《英語には破裂音と言う音があるのは皆知っている。ところがこの破裂は文字通り、破裂するのがあたり前で、破裂するためには十分な呼吸が用意されなければならない》。アメリカ人は生まれてすぐに腹式呼吸で声を出すことを身につけている。それはアメリカ人にとってみれば当たり前なので、日本人に英語を教えるときにそのポイントに気づかない。交換台で働く中津に英語を教えたのは日系二世の男性であり、彼は親の発音を聞いていて呼吸法の違いに気づいた。だから中津には四メートルも離れて発音させるトレーニングを強いた。

中津燎子『なんで英語やるの？』

こうしたエピソードを拾い読みすると、今の英語教育にも通じる発音至上主義の印象が強くなるが、それは全くの誤解だ。中津は、英語の発音を身体で覚えるように幼い頃からネイティブスピーカーに英語を学べば国際人になれる、などとは全く考えていない。

《英語でいかにうまく自己表現が出来ても、それは単なるお喋べりでしかない。（……）理解する、と言う事は、ことばの意味以上に、風俗風土、習慣、宗教、感覚、情緒、すべて理解していなければならないのだ。この能力が、先ず最初にあって、それから言語能力が問われる。発音や抑揚の問題は、ほぼ最後の要因となるだろう。》

《国際人とは、自分自身の、ひいては自分の母国の文化をしっかりと持っている人だ。だから他国の人々と対等に話が出来、相手の文化をも理解が出来る。自分が何もない人間は、相手をはかる尺度すらなく、その時、その時の風の吹きようで、どのような色にも染る。》

そう考える中津は英語早期教育に反対していた。ではなぜ発音にはこだわるのか。中津に英語の発音を教えた日系二世の男性はこう語っていたという。

《私は、日本の人がまちがいだらけのひどい英語を使うのを批難しません。正式に習得しなかったからね。しかしそれを、アメリカ人たちが賞讃しうけ入れるふりをして、裏面では、首をすくめて馬鹿扱いにし相手にもしない事が最も不愉快です。わからなければわからない、と言えばいいのです。そして又、それにだまされている日本人も不愉快です。》

英語米語圏の文化が、一皮剝くと姿を現すよそよそしさを自分でも経験していた中津は、日系二世の英語教師の言葉にも同意できた。そして、世界の人たちは理解しあえると安易に信じる価値観とも一人で戦おうとしたのだ。その意味で『なんで英語やるの？』も、どこにでもありそうな英語教室を運営するレポートでありながら、書き手の英語観、日本人観を背景に控えさせた「語り」となっており、同時に「常在戦場」の緊張感が常に張り詰めている作品となった。臼井吉見が選評で《著者には今後もてきぱきと八方当りさわりのある発言を期待する。どうぞ、おんな大宅に成長してほしいと思うがいかに》（『文藝春秋』一九七四年五月号）と書いているのが印象的だ。臼井は英語塾経営者が日々遭遇する事実を報告するのではなく、《八方当りさわりのある発言》、つまり中津の語りに期待している。

翌第六回（一九七五年）では吉野せい『洟をたらした神』が受賞した。

大正十一年（一九二二年）から昭和四十九年（一九七四年）まで、福島県の菊竹山の麓で農作業を続けてきた経験を書き連ねたエッセー集である同作を、開高健は《一刀彫の木彫にあるような簡勁さと渓流のさやぎのようなみずみずしさにうたれる。〝物〟に手を触れて生きぬいてきた人の文品はこれほどまでになるかと思わせられる》（『文藝春秋』一九七五年五月号）と絶讃する。吉野は一八九九年生まれで受賞時に七十五歳。ソ連、アメリカと始まって、国際社会に身体ひとつでぶつかっていった体験を描いた女性の作品に賞を与えてきた大宅賞は、日本国内にも、孤立無援のなかで生活という戦いを静かに続けて、それを珠玉の言葉に熟成させた女性を発見することになる。大宅賞は男女ペア受賞が続いた第六回までで、東西冷戦期の世界を急ぎ足で網羅し、さらに国際化の時代のなかで盲点となりがちな国内の、それも僻地(へきち)の生活史に目を向ける女流作品までをも網羅し、書き手も世代的にも若手から高齢者まで〝一周(めぐ)り〟したことになる。

「女性枠」を設けてみたものの……

その後、女性のノンフィクションはどのような軌跡をたどってゆくのか。

日本のノンフィクション史上、興味深い存在が、雑誌『non-no』創刊一〇周年記念と銘打って集英社が一九八一年から始めたノンノ・ノンフィクション賞だ。女性の書き手のみに限定して作品を募ったところ、主催者側発表によれば七四一篇もの作品の応募があり、そのなかから坂東眞砂子(ばんどうまさこ)「イタリア女の探しもの」、和田麗子「ジョナサンになったマリー」、神尾博子「幼き我が師へ」、加藤景子「もしも、そうでなかったら」、秋川理恵「さめない夢」の五篇が佳作入選作(最優秀作なし)となっている。年齢層は『non-no』読者層を意識したのか、最年長の和田でも三十歳、最年少の秋川は十九歳だった。

アマチュアの登竜門的な位置づけだったのか、入選者にすでに定評を得ていた物書きはおらず、その後、書き手となってゆくのも坂東眞砂子だけだった。坂東の応募作はイタリア留学中の体験記で、桐島洋子と似た傾向のものであったようだが、誌上では入選作が掲載されていないし、坂東自身も自分の著作に収めていない（一九八六年にあかね書房より刊行された『ミラノの風とシニョリーナ』は同じ留学中の時期を描いたエッセーだが、両作の関係はわからない）ので読むことができなかった。

このノンノ・ノンフィクション賞は三年しか続かず消滅している。その後、女性のノンフィクションがあらためて意識されるのは、大宅壮一ノンフィクション賞の受賞者が家田荘子『私を抱いてそしてキスして』、井田真木子『プロレス少女伝説』と、ともに女性になった一九九一年の第二二回であった。

実は一九八九年の第二〇回で石川好『ストロベリー・ロード』、中村紘子『チャイコフスキー・コンクール』で久し振りに男女ペア受賞となり、一九九〇年の第二一回では中野不二男『レーザー・メス　神の指先』に対して辺見じゅん『収容所から来た遺書』、久田恵『フィリッピーナを愛した男たち』と、初の女性二名受賞、そして第二二回が女性だけの受賞の年となる。翌第二三回もドウス昌代『日本の陰謀』のみ。こうして女性の受賞作が増え、一時は賞を独占した後、再び傾向性、法則性を感じられない状況に戻るが、この数年間は女性のノンフィクションに再び注目が集まっていたと言えそうだ。社会的には一九八五年に男女雇用機会均等法の制定があり、その後に続くバブル景気で女性の活躍に期待する風潮があったが、ノンフィクション業界にも（主に話題作りを求める選ぶ側の論理として）その反映があったのかもしれない。しかし、世評はともかく、作品そのものに注目すれば、男女ペア受賞だった大宅賞の初期に比べて、女性にしか書けない作品だという印象は薄い。

ジェンダーフリーのカテゴリーへ

家田荘子は女優、OL、セールスレディと〝女性職〟を遍歴し、『俺の肌に群がった女たち』（一九八五年）、『極道の妻たち』（一九八六年）、『代議士の妻たち』（一九八七年）など、良くも悪くもジェンダー感覚の強い作風の書き手だった。だが、受賞作『私を抱いてそしてキスして』では、黒人女性エイズ患者ジーナの身の回りの世話をするボランティア活動を始めるスタート時点でこそ、彼女には「同性の友人が必要」とされ、女性であることが重要だったが、ジーナと生活をともにするようになってからは、それまでの仕事ぶりとは裏腹に〝女っぽさ〟は感じられない。自ら女性性を質に出すようにして、同じアメリカで取材をした桐島洋子とはだいぶ様子が違う。女っぽさの代わりに博愛主義的な境地とでも言うべき普遍性すら感じるのであり、それは後に家田が出家し、僧侶となることを予言しているように感じる（実際には『私を抱いてそしてキスして』の後にはアジア系売春婦を描いた『イエローキャブ』（一九九一年）という〝ジェンダーもの〟を再び書き、実態を超えて性的に歪曲させているとの批判も受けているが――）。

普遍性を感じるのは井田真木子『プロレス少女伝説』もそうだ。確かに舞台となっているのは女子プロレスという〝女だけ〟の世界だ。だが、井田が取材対象としたのは中国残留日本人三世である天田麗文、アメリカ人女子レスラーとして初めて日本の興行団体と年間契約を結んだデブラ・ミシェリー〝メデューサ〟であり、彼女たちは自身の人生を、女子プロレスという〝日本〟に深く交差させつつも、決してそのなかにすべて溶け込むということのない〝ウチなるガイジン〟だった。

日本にいながら日本を超えるものを見ようとする井田のまなざしは、日本人レスラー・神取しのぶにも適用される。そして彼女たちの姿を経由して日本社会が顧みられる。つまりこの作品は、大いに屈折を孕んでいるが、井田なりの日本社会論なのだ。

家田荘子『私を抱いてそしてキスして』

この作品を《どうでもいいことを巧みに書いた典型》（『文藝春秋』一九九一年五月号）と選評で記した立花隆はそこを見逃している。《私はプロレスというのは、品性と知性と感性が同時に低レベルにある人だけが熱中できる低劣なゲームだと思っている。そういう世界で何が起きようと、私には全く関心がない》と書く立花は、選考委員でありながら吟味熟読するところまで作品のなかに没入することができなかったのではないか。

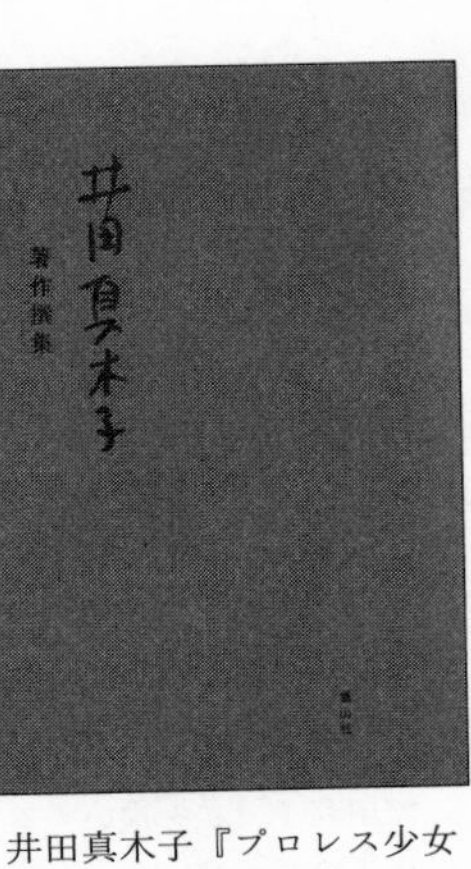

井田真木子『プロレス少女伝説』(著作撰集版)

そこにノンフィクションは「事実的な文章」であるべきか、それとも「物語的な文章」であるかの価値観の争いがあると考えられないか。

実は立花は、出世作となった「田中角栄研究」が第六回(一九七五年)の選考委員会の席で大いに話題になりつつも、《表現の点を考えると、大宅賞の対象として、問題がないわけではない》(臼井吉見)、《文章という点から見ると、新聞の報道文を一歩もでていない》(開高健)と酷評されている(『文藝春秋』一九七五年五月号)。立花は事実的な文章の書き手だった。もちろん、その圧倒的な取材と分析の実力は誰も疑うことはなく、第一五回から選考委員に名を連ねている。

家田と井田を受賞させた第二二回の選評では、かつて表現が新聞報道のように味気ないと自作が酷評された意趣返しというわけではないだろうが、《報道というもう一つのノンフィクションの原点を思い起こす》必要性を述べ、《人に伝える価値が大してないこと、大半の人にとってどうでもいいことについて書いても、大した作品は生まれない》と書く。このときの立花はノンフィクションは事実的な文章を核にすべきであり、そこで描かれる事実に報道価値がなければ作品として評価されないと考えている。そして、その持論を例証しようとして、『プロレス少女伝説』を日本社会論として語りは積極的でも、語りを展開する上で選ばれている女子プロレスの世界が《人に伝える価値が大してない》ので作品として評価できないと主張しようとしたのだが、それこそ立花は自らのノンフィクション論を語りたい気持ちが勝って、女子プロレスの価値を見損なうという、策士策に溺れた印象がある。

ちなみに井田が受賞後第一作として大宅賞発表と同じ『文藝春秋』一九九一年五月号に書いた「黒人参謀本部議長C・パウエルの「謎」」は、そんな立花への返歌のようにも思える。立花も間違いなく報じるニュース価値があると考えるだろう、湾岸戦争を戦う米軍を率いたパウエル司令官は、井田にとっては女子プロレスラーと同じ興味の対象なのだ。というのもジャマイカ系移民の子孫、つまりアメリカにとって〝養子の子〟で、サウスブロンクスの貧民街に育った〝典型的〟黒人でありながら、軍のトップ（後には国務長官）にまで昇りつめたパウエルはアメリカ社会の〝ウチなるガイジン〟であり（後には共和党員でありながら大統領選で民主党のオバマやバイデン候補支持を表明した）、そんな〝特異点〟としてのパウエルを通してアメリカの現在を描けるように、女子プロレスラーを通して日本が描ける――。そうしたメッセージがその記事の行間から聞き取れそうだ。

とはいえ、こうした負けん気も女性の専有物ではない。鼻っ柱の強い男性が減ったのはそれとは別の問題だ。ノンノ・ノンフィクション賞が不発に終わった理由は、ノンフィクションにおいてあえて女性枠を設けることが不自然だったからではないか。

たとえば女性の心情を描く上で、同性ならではの共感力が生きる面はあるだろう。しかしノンフィクションがジャーナリズムである限り、その作品は登場人物の内面の心理を描くだけでは完結しえず、執筆対象と社会との関わりを描くことが必ず求められる。取材する上で女性性が〝入り口〟として生きることもあるのかもしれない。男女雇用機会均等法が成立する前は特に女性の社会参加が難しく、組織を背景に背負うことができない女性のほうが、〝個〟としての書き手、語り手の地位に立つことを強いられがちだったために、〝われわれ〟の無責任な集団無意識に流されることがなくて、むしろ有利に働く、という「逆説」があったのかもしれない。

しかしこうした諸々の事情で書き手の女性性が最初は有利に働いたとしても、その後はさまざまな性別の人が生活する世界を普遍的な文脈で描くことが求められるのであり、その段階では女性であることが作品にとって決定的要因たりえない。

小説や短いエッセーであれば書き手が内面の世界を語るだけでも完結するだろう。しかしノンフィクションは物語的なジャーナリズムであるとはいえ、個人の内面を語るだけでは完結しえない。

大げさに言えば、世界を作品化するのがノンフィクションの課題なのだ。作者の内面世界の表出である創作小説の場合、作者のジェンダーがそこに影を落として、女らしさ、男らしさを帯びることはありえるだろう。しかしノンフィクションでは事情が異なる。世界の一部の女性だけを社会から遊離させて描いたり、性としての視点——もちろん男性としての視点も同じだが——を最後まで相対化せずに語ったりするだけのノンフィクションでは、世界を作品化して物語るジャーナリズムとして普遍性を得られず、所詮は二流の地位に甘んじることになるのだろう。

大宅賞史上初の女性のみ二人の受賞となった一九九一年はそんな事情を示すとともに、一人で戦う女性を書き手とすることで新しい境地を開拓しはじめたノンフィクションが、「内面を物語る小説やエッセー」から本格的に離脱して「事件や出来事を通じて世界を物語るジャーナリズム」として成熟を目指し、ジェンダーフリーのカテゴリーへと歩みを進める、ひとつの通過点となったと言えるのではないか。

ちなみに本書が書かれている至近の時期で言えば、二〇一九年度の第五〇回大宅壮一ノンフィクション賞は河合香織『選べなかった命』と安田峰俊『八九六四』の男女ペア受賞となったが、同年度の第一七回開高健ノンフィクション賞は濱野ちひろ『聖なるズー』、書店員の投票による「Yahoo!ニュース｜本屋大賞ノンフィクション本大賞」はブレイディみかこ『ぼくはイエローでホワイトで、ちょっとブルー』と、それぞれ女性の書き手の単独受賞になっている。

大宅賞も翌二〇二〇年の第五一回になると小川さやか『チョンキンマンションのボスは知っている』と女性の作品になったし、同年の講談社本田靖春ノンフィクション賞は片山夏子『ふくしま原発作業員日誌』、吉田千亜『孤塁』と女性のみ二人の受賞、「Yahoo!ニュース｜

本屋大賞ノンフィクション本大賞」に至っては、本書執筆時点でノミネート作品が発表されている段階だが、その六作全部が女性の書き手によって独占されるという前代未聞の事態になっている。

このように、ノンフィクションが女性表現者たちが大いに活躍する場になったことは間違いないが、一九九一年の家田、井田の大宅賞ダブル受賞の延長上にこうした状況が位置づけられる限り、ノンフィクション作品がジェンダー的に偏ったわけではないはずだ。

第5章　アカデミック・ジャーナリズムの可能性

平松剛『光の教会　安藤忠雄の現場』『磯崎新の「都庁」』
渡辺一史『こんな夜更けにバナナかよ』『北の無人駅から』

大宅壮一ノンフィクション賞とサントリー学芸賞

ここまで、大宅壮一ノンフィクション賞を主な軸として議論を進めてきた。大宅賞の創設が〝ノンフィクション〟というジャンルの生成を促したことは間違いない。

だが、大宅賞受賞作家が別の賞を受賞するケースがある。一九七九年に大宅賞の後に創設された講談社ノンフィクション賞のように、ノンフィクションを対象とする賞であればそれも不思議はないが、ここで注目したいのは大宅賞とサントリー文化財団の主催するサントリー学芸賞のダブル受賞となるケースである。

サントリー学芸賞は、講談社ノンフィクション賞と同じ一九七九年の創設。しかし、こちらは大宅賞とも講談社ノンフィクション賞とも毛色が異なる。同賞の公式ウェブサイトには以下のように説明されている。

《広く社会と文化を考える独創的で優れた研究、評論活動を、著作を通じて行った個人に対して、「政治・経済」「芸術・文学」「社会・風俗」「思想・歴史」の4部門に分けて、毎年「サントリー学芸賞」を贈呈しています。》

アカデミズムの研究者が集まる学会でもそれぞれに奨励賞のようなものを持っているが、サントリー学芸賞は個々の学会を超えて受賞者を選ぶ。対象となるのも学会誌や紀要論文ではなく公刊された著書だ。その意味では大宅賞や講談社ノンフィクション賞と近いが、研究、評論に対して与えられる賞だという点が大きな違いだ。選考方法の説明でも《選考にあたっては、個性豊かで将来の期待される新進の評論家、研究者であること、本人の思想、主張が明確な作品であることに主眼が置かれます》とある。

ちなみに大宅壮一ノンフィクション賞の説明はこう書かれている。

《戦前から戦後にかけて活躍したジャーナリスト・大宅壮一氏（明治33年〜昭和45年）の半世紀にわたるマスコミ活動を記念し、昭和45年に制定されました。ノンフィクション分野における〝芥川賞・直木賞〟を目指すもので、すぐれた作品を広く世に紹介することを目的としています。正賞は100万円、副賞は日本航空提供の国際線往復航空券。個人の筆者（共著を含む）によるルポルタージュ・内幕もの・旅行記・伝記・戦記・ドキュメンタリー等のノンフィクション作品全般を対象とし、1月1日〜12月末までに刊行された単行本などが対象です。》（日本文学振興会ウェブサイト）

〝ノンフィクション〟の言葉は大宅賞にしかなく、〝研究、評論〟の言葉はサントリー学芸賞にしかない。つまり大宅賞は優れたノンフィクションを選ぶジャーナリズム領域の賞、サントリー学芸賞は優れた研究、評論を選ぶアカデミズムの賞。そうした棲み分けがこうした説明文からはうかがえる。

ジャーナリズムとアカデミズムはいつ分離したのか

ジャーナリズムとアカデミズムは別もの――。それは私たちの日常的な実感にも沿ったものだろう。こうした分離はいつから意識されるようになったのだろうか。

京都学派を代表する哲学者の戸坂潤は、ジャーナリズムとアカデミズムについてしばしば言及している。三木清と並んでマルクス主義唯物論の影響を強く受けていた戸坂にとって、その二つはともにまずは現実＝下部構造を描き出す、文化＝上部構造として位置づけられているが、それぞれの内的な必然性に従って分離してゆくことが指摘される。

たとえば『イデオロギー概論』（一九三二年）では、まずジャーナリズムの特徴を示す言葉として現実行動性・時事性、現在性、現実性……を挙げ、「常識」の主体であり、その時々で時事に関心を示す公衆の理解可能な範囲で事実問題を取り上げるのがその活動だと考える。一方、アカデミズムについては、学派的訓練を通じて見出すことができる真理を扱うと考えられ、現実行動性や時事性と離れて日常生活の圏外で繰り広げられる、科学のための科学を追求する純粋な学術活動なのだ、とされる。

こうした一九三二年時点での戸坂の記述は、時代の違い、依拠する主義主張の違いを超えて、今の私たちの常識的なアカデミズム観、ジャーナリズム観ともほぼ重なるのではないか。つまりジャーナリズムとアカデミズムは一種の、水と油のような位置関係にある。

しかし、戸坂はこうした分離が望ましいものだとは考えていなかった。まずジャーナリズムの問題を次のように指摘する。

《元来ジャーナリズムは常に話題（Topik）に上り得るものでなければならない。話題とは凡ゆる部門的な分科的な事物が、言葉という共通な場処（Topos）をめざして集まることを示唆する言葉である。この集まる場処は市場の外ではなく、そこで一切の知識が交換され（ニュース・評判）、訂正総合され（議論）、又誇張されたり捏造されたりする（虚偽）。かくて常識——ドクサ——が養成される、神話や世論が出来上るのである。》

《かくて現代に於けるジャーナリズムは元々それが持っていた無定見性の可能性を実現し、

センセーショナルでトリビアルなものとなる。そうしなければ商品価値を生じ得ないのである。だがそれだけではなく、そうなることによってジャーナリズムはそれに固有な当面性・実際性を失って了わねばならなくなる。それは現実行動的・時事的・性格――世論の指導・評論能力――を犠牲にせざるを得ない。》（『イデオロギー概論』、引用は『戸坂潤全集』第二巻より）

資本主義社会でジャーナリズムは市場原理で動いており、情報に商品価値を与えようとして必然的にセンセーショナリズムに傾き、時に誇張や捏造を経て現実＝下部構造から遊離したドクサ――この場合は「常識」というよりも「臆見」あるいは「偏見」と呼ぶべきだろう――や「神話」を生み出す。これもマルクス主義の文脈に依らずともうなずける内容である。

確かに、自由主義的な近代ジャーナリズムは、政治と報道が分離しうる資本主義圏でなければ成立しえないが、国営報道ではなく、自分たちの活動経費を自分たちで捻出しなくてはならなくなった報道は、多くの人に読まれたり、見られたりすることで購読費、受信料等を得たり、広く周知する機能を広告主に評価してもらい、広告出稿の代価を徴収したりすることで活動資金を確保しなくてはならない。収益を出そうと商品性を重視した報道内容を選択したり、刺激性を強調する演出に傾いたりするようになると、公衆の知るべきものを伝えるというジャーナリズムの理念との間に不調和を生じさせることになる。

一方でアカデミズムについて戸坂は《主として現代に於ける大学の本質によってその実質を決定されている》（同前）と指摘し、大学という制度のなかに縛られ、固定化、惰性化し、現実=下部構造を穿つ原理を追求する姿勢を喪失しがちだと考える。戸坂は西田幾多郎、田辺元に学び、その後を継ぐ京大アカデミズムの俊英と見なされていたが、師たちの哲学をも厳しく批判したその姿勢はアカデミズムそのものにも容赦なく向けられる。

ジャーナリズムとアカデミズムの反目

こうしてジャーナリズムとアカデミズムは、それぞれの特性ゆえにそれぞれの問題に必然的に帰着する――。それが戸坂の見立てだ。

そして困ったことに、離反した両者は大きく広がった違いをめぐって相互に攻撃しあう。戸坂によれば《アカデミズムはアカデミズムで歴史的社会の必然的運動から愈々全く無関係に高踏化して行くし、ジャーナリズムはジャーナリズムで又之とは独立に、この運動を断片的な諸刹那に分解することによって愈々この運動を見失って了うが、その結果として、この二つのものは、相互を傷つけるようにしか作用しない状態に陥って了っている》（同前）。

この指摘は今なお古びていない。アカデミズム界の住人が、俗に流れがちなマスコミ関係者を見下し、逆にジャーナリズム側ではアカデミズムの人々の世間離れを嘲笑することが繰り返されている。たとえば東京大学新聞研究所教授だった杉山光信は『学問とジャーナリズムの問』でこう書いている。

《アカデミズムの側からみれば（ジャーナリズムは――引用者註）知的生産物の水準や品質の管理が十分でないということになる。しかし、輪郭がはっきりせずルーズであるがゆえに狭い専門領域をこえた一般的・普遍的なことを話題にし、討論にかけることのできるジャーナリズムの側からいえば、なるほど狭い専門領域については高度の能力をもち情報に通じているかも知れないが、密室化したその専門領域から一歩ふみだすとあとのことはわからない象牙の塔の住人も困ったものだということになるだろう。》（「知識人の現在と公共性」、初出は『放送学研究』第三九号、一九八九年三月）

この《ジャーナリズムとアカデミズムとのあいだでごく一般的にみられる相互反発》について指摘した杉山の一文は、〝ニュー・アカデミズム〟の旗手としてジャーナリズムにもてはやされていた人類学者・中沢新一（なかざわしんいち）を、教員として採用するかどうかで東大教養学部の教授会が分裂した一件をきっかけとして書かれたものだが、類似の事例はあとを絶たない。ジャーナリズムとアカデミズムの不幸なすれ違いを指摘する戸坂の一九三二年の論文は、彼が逮捕され、獄死（一九四五年）してから七五年経っても、なお色褪（いろあ）せていない。

だからこそ、戸坂がそうした分断に相互憎悪が折り重なる悪循環の状況への処方箋（しょほうせん）としていち早く書いていた内容は傾聴に値するといえないか。

《ジャーナリズムの欠陥はアカデミズムの長所に、アカデミズムの欠陥はジャーナリズムの長所に、元来は対応する筈である。アカデミズムは容易に皮相化そうとするジャーナリズムを牽制して之を基本的な労作に向わしめ、ジャーナリズムは容易に停滞に陥ろうとするアカデミズムを刺戟して之を時代への関心に引き込むことが出来る筈である。アカデミズムは基本的・原理的なものを用意し、ジャーナリズムは当面的・実際的なものを用意する。

イデオロギーの二つの本質的な契機としては、ジャーナリズムとアカデミズムとは正に以上のような有機的な連関にあり、又そうなければならぬ。》(戸坂前掲)

こうして戸坂が示していたジャーナリズムとアカデミズムとが切磋琢磨しあう関係を考える上で、大宅賞とサントリー学芸賞をともに受賞している書き手に注目してみたらどうかと思うのだ。

平松剛『光の教会　安藤忠雄の現場』

実は、大宅壮一ノンフィクション賞とサントリー学芸賞をともに受賞している書き手は三人だけである（二〇二〇年現在）。

二〇〇一年に第三二回大宅壮一ノンフィクション賞を『光の教会　安藤忠雄の現場』で受賞した平松剛は、二〇〇八年に『磯崎新の「都庁」』でサントリー学芸賞（社会・風俗部門）を受賞している。

平松の三年後の二〇〇四年に第三五回大宅壮一ノンフィクション賞を『こんな夜更けにバナナかよ』で受賞した渡辺一史も、二〇一一年に『北の無人駅から』でサントリー学芸賞（社会・風俗部門）を受賞している。

そして二〇二〇年に小川さやかが『チョンキンマンションのボスは知っている』で大宅賞を受賞したことで三人目の両賞受賞者となった。小川は『都市を生き抜くための狡知』で二〇一一年にサントリー学芸賞（社会・風俗部門）を受賞しているからだ。

この三人のなかで、本章では平松と渡辺の作品を論じる。

まず平松から。大宅賞受賞作『光の教会　安藤忠雄の現場』はこんな書き出しだ。作品の雰囲気を知ってほしいので断片ではなく、長めに引いてみる。

《「話というのは、実は先日、われわれの教会総会で、新しく教会堂を建てることに決まったんだけれども。今、日本および世界において、私が最もこれを建ててほしい、また建てるべきだと思う人は、安藤さん、あなた以外にいない。だからあなたにやってほしい」

宮本は切り出した。

「ところで、建築家の選択として、あなたがベストだと思うけれど、条件として、われわれにはお金がない。したがって、これもあなたに頼むのが適当だという理由である」

お金がないことが建築の設計を依頼する適当な理由とは不思議であるが、黙って耳を傾けていた建築家・安藤忠雄が口を開く。

「ほんとに、お金ないの？」

「ほんとに、ない」

「それは、ええもんが建つかもしれん」》

平松剛『光の教会　安藤忠雄の現場』

あらたに教会堂を作ることを決めた、日本基督教団茨木春日丘教会の教会員であり、『毎日新聞』記者として安藤忠雄と面識があった宮本二美生が面談するシーンだ。

平松は一九六九年生まれ、早稲田大学で建築を学び、大学院修了後は構造設計事務所に四年間勤めている。建築を学び、建築業界で働く若者の典型的なキャリアだ。だがこの書き出しは、建築関係者が建築関係のメディアに書く文章ではない。

平松は構造設計事務所を辞めた後フリーランスのライターになる。大宅賞受賞後のインタビューでは、沢木耕太郎をこよなく尊敬しており、《「あんなおもしろいノンフィクションが建築分野にもあったらなあ」と思っていた》という（『日刊建設工業新聞』二〇〇一年三月二日）。

つまり志向としては、建築家を目指すよりもノンフィクションの執筆の方角を向いている。『光の教会　安藤忠雄の現場』の文体は沢木の『テロルの決算』と同じく、語り手が物語の外にいて登場人物がみな三人称で描かれる、いわゆるニュージャーナリズムの文体である。予算が乏しいと言われて「ええもんが建つかも」と応える安藤を主人公として、安藤の気風（きっぷ）に惚（ほ）れて儲（もう）けなしの建設を請け負う工務店の人たちや、天才建築家の奔放な想像力に翻弄されつつも自分たちの新しい教会堂の完成を待ち望む教会の人々の姿が描かれる。三人称の記述ゆえに平松自身の取材過程は文章の背景に隠れてしまうが、きめ細かな聞き取りがあったことは想像に難くない。引用部分もそうだが、人間性を象徴する洒落た会話をうまく拾い出してもいる。

しかし、選考委員が受賞作に値すると評価したのはそこではなかった。たとえば立花隆は『光の教会　安藤忠雄の現場』を、安藤忠雄を主人公とする人物論的ノンフィクションではなく、建築という行為そのものを描き出した作品とみなすべきだとし、《プロのノンフィクション作家が取材しながら書いたのでは、とてもこうは書けなかった》《著者のように、建築現場に身を置いていた人でなければ書きえないような、実にツボを得た解説》だとして高く評価している（『文藝春秋』二〇〇一年六月号）。どうも立花は平松を物書きのプロではなく、建築の専門家と考えているようだ。

確かにそこで書かれている建築のプロセスは細部まで充実しており、もしも建築専門家がその部分だけ取り出して建築関係のメディアに書いていたら、建築学周辺のアカデミズムの文脈に位置づけられる報告レポートになっていただろう。構造設計など理系的な知識を共有しているだけでなく、安藤が若い頃、愛読したフェルナン・プイヨン『粗い石』から、『毎日新聞』の宮本記者と安藤が話題にしたヴァレリーの建築論『エウパリノス』までをカバーして、「光の教会」への影響を論じるなど、建築関係の記述は分厚い。

しかし、沢木に影響を受けている平松は、『テロルの決算』に通じる三人称ノンフィクションのスタイルを用いて『光の教会　安藤忠雄の現場』を書いた。版元こそ建築関係の専門出版社だったが、その作品は誰もが楽しめるドラマとなっている。

専門性を備え、その道のプロが読むのに堪えられる内容でありながら、一般の読者にも開かれている。それは戸坂潤の言葉を借りるまでもなく、ひとつの理想ではないか。ジャーナリズムは事実関係に基づく表現であり、当然、正確さが要求される。その正確さは専門家でも納得するレベルにまで高められるのが理想だ。しかし正確な記述は専門性を極める分、得てしてわかりにくくなる。専門的内容を一般の読者にも楽しめるように書くのは至難である。だが平松はその両立に挑戦し、一定程度の達成を実現した。

たとえば立花は『光の教会　安藤忠雄の現場』を《ぜんぜんちがうタイプのノンフィクショ

ンとして、高く評価されるべきではないか》(同前)と書いた。この作品に関して立花が高評価を与え、同じく大宅賞の選考委員だった猪瀬直樹、関川夏央といった、まさに〝プロのノンフィクションの書き手〟が評価しない理由はなんとなく察することができる。平松は沢木耕太郎に憧れ、建築ノンフィクションをひとつの物語として書こうとしている。だがその物語作家としての筆致に、つまり物語的な文章の出来に猪瀬、関川はまだ未熟なものを見ている。それは物語作家として一流の地位を築くまでに書き方を磨き上げてきた、自分たちの作家人生と照らし合わせての評価だった。

一方、立花は、最先端の技術や研究に興味をもって、それをテーマにしたノンフィクションを書いてきた。方向的に平松と近いのだ。(かつて井田真木子の『プロレス少女伝説』を批判したときと同じく)建築が自分の関心領域ではなかったので《読みだして半分くらいまでは、つまらん本だと思っていた》が、読み進めて《どうもちがうと思い直した》。立花にしてみれば、今までのノンフィクションが読者の感情と結託しようとして、事実描写の正確さにおいて専門家の吟味に堪えない作品が多く、事実的な文章の粋を守るべきジャーナリズムの本道を逸脱していると感じていた。だからこそ、そうした悪しき流れと一味ちがう、専門的知識に裏打ちされた事実描写の正確さを備えた突然変異種――立花にしてみれば本来の道へ回帰する作品――の登場を喜んだのだろう。

それは戸坂が指摘していた科学的なアカデミズムのアプローチを採用しつつ、その成果を常識的な公衆の理解可能な範囲で表現するジャーナリズムの作品となっている。こうして生み出された《ぜんぜんちがうタイプのノンフィクション》(立花)を、ジャーナリズムとアカデミズムを架橋するという意味で、アカデミック・ジャーナリズムの実践の一例と考えることができるのではないか。

平松剛『磯崎新の「都庁」』

平松は同じ作風を次作『磯崎新の「都庁」』でも採用する。今度は作品の構造が複雑になった。主人公はタイトルにあるように建築家の磯崎新。磯崎が師である丹下健三(たんげけんぞう)と新宿新都庁舎のコンペで争い、敗れるドラマだ。だが丹下に割かれた紙幅も多いし、日本の建築史も戦前から説き起こして丁寧に描かれている。

平松剛『磯崎新の「都庁」』

そんな作品がサントリー学芸賞を受賞する。袴田茂樹(はかまだしげき)は選評で《平松氏はノンフィクション作家であり、ジャンルとしてはこの作品もノンフィクションと言えるが、内容的に今日の社会、文化の問題に深く切り込んでおり、単なるノンフィクションの範囲を超えるものとして、この部門の受賞作に選ばれた》(サントリー文化財団編集『サントリー学芸賞選評集』)と書く。

大宅賞を受賞している経歴から、袴田は平松をノンフィクション作家と認めた。その上で、単なるノンフィクションを超える側面をこの作品が備えているとみる。ノンフィクションプラスアルファの部分は、ここでも建築をめぐる専門的な知識の厚さである。袴田は、《大型建築の設計コンペを内側から綿密に描いた》内容には《この分野の素人には立ち入り難かったと思われる興味深い事柄》が多く含まれており、それは著者が《かつて建築を専門にし》ていた賜物であり、建築学の歴史から日本や世界の建築文化論、都市文化論にまで及ぶ著者の知識がバックグラウンドとして生きていることが受賞に値すると書く。

こうして建築専門家の知見を踏まえて書かれた内容が、一般の読書に堪えるかたちで示されているのであり（版元は大宅賞受賞作家という縁もあったのだろうが、建築専門の出版社でも学術出版社でもない文藝春秋である）、『磯崎新の「都庁」』もアカデミック・ジャーナリズムの試みと呼べるだろう。

ただ平松の二作を比較すると多少の違いもある。安藤や無名の職人たちの魅力をあますところなく伝えた『光の教会　安藤忠雄の現場』のほうがどちらかといえば〝人間寄り〟であり、従来の価値観でのノンフィクションに近い。『磯崎新の「都庁」』のほうは磯崎や丹下の人間くさい部分もよく書き込まれているが、建築論の色彩が強く、建築史、建築文化論を視野に入れた評論的な作品となっている。その意味でノンフィクションを対象とする大宅賞が〝ジャーナリズム〟アカデミズム〟の前者に与えられ、研究、評論を対象とするサントリー学芸賞が〝アカデミズムVジャーナリズム〟の後者に与えられたのもなんとなく合点がゆくところだ。

渡辺一史『こんな夜更けにバナナかよ』

渡辺一史『こんな夜更けにバナナかよ』は全身の筋肉が衰えてゆく筋ジストロフィー患者の鹿野靖明を主人公とするノンフィクションだ。鹿野は十八歳のときに歩けなくなり、三十二歳のときに心臓の筋力が落ちて拡張型心筋症と診断され、三十五歳のときに自力で呼吸ができなくなって人工呼吸器を装着した。渡辺の執筆時点で四十歳になっていたが、首の筋力も落ちて寝たきりになり、動かせるのは両手の指がほんの少しという重度の身体障害者である。

通常、気管切開して人工呼吸器を装着すると声を出せなくなるが、鹿野は気管のなかに入れて膨らませ、誤嚥を防ぐバルーン状の医療用具の大きさと呼吸器の換気量を細かく調整する方法を自ら考案し、装着後、半年経った頃には声が出せるようになって会話能力を復活させていた。そこは他の人工呼吸器装着者と違うところだったが、体が動かないことに変わりはなく、鹿野は自分の力では何もできない。

渡辺一史『こんな夜更けにバナナかよ』

しかしそれでも在宅での生活を望み、自らボランティアを組織して、人工呼吸器装着者にとって定期的に必要となる痰（たん）の吸引の仕方を新入りのボランティアに教え、交代で自分の介護をさせる態勢を作り出した。

渡辺は最初、取材で鹿野に会った。作品の冒頭に渡辺が鹿野に質問し、鹿野が答える箇所が出てくる。

《「シカノさん。シカノさんにとって、生きる喜びって何ですか？」

私は少し唐突（とうとつ）すぎる質問をする。

「まず一つは、外出できることだ。外出はいい。ストレスもいっぺんに吹き飛ぶしねー。しかし、これには問題がある。介助者が最低でも2人以上いる。リフトバスも手配しなきゃならない。それから、冬になると雪の問題なんかもある」

外出するには、人工呼吸器を搭載でき、首の筋力の弱った鹿野のために特注した大きな電動車いすに乗る。介助者が並んで歩くと、大名行列のようなインパクトがある。だから、外出時に写した彼の写真は、いつも少し得意げな顔をしていた。

「それから」と鹿野はいった。「――有名になれることだ」

「有名に、ですか」

「そうです。だって有名にならないと、ボランティア集まらないじゃない。ボランティア集まらないと、生きてけないしょ」

「……ホントは、有名になってチヤホヤされたい、とか」

「ないです。それはないです。

言ったでしょ。ぼくは日本の福祉を変えたい。それがぼくの欲望。——も、もてたい、とか、せ、千人斬り（ぎ）とか？（笑）もうそんな体力ないです。とっくに引退したよ」

私が不審そうに薄目で見ると、

「いやホントだって」と鹿野は鼻の穴を大きくふくらませた。》

この箇所だけでも、よくある〝福祉関係〟書籍と全く異質の肌触りを感じるだろう。身体の自由を奪われた鹿野だが、典型的弱者（というような存在がいるのか不明だが——）の型にはまらない。その考え方も、言葉遣いや行動（自分では何もできないのでボランティアへの指示）も全てが身体障害者らしくない。そんな不思議な存在である鹿野に魅了されて、渡辺は自らもボランティアの一員に加わるようになる。

渡辺は自分だけでなく、他のボランティアの経験も丁寧に聞き出し、ボランティア同士で申し送り事項を書くために使われていたノートからも数多くのエピソードを引く。

学部生時代にボランティアをし、その後、北海道大学大学院教育学研究科修士課程に進学した山内太郎（やまうちたろう）の経験を再現して描いた箇所は特に印象的だ。在籍中にボランティアをしていた山内には、鹿野との関係が深まる上で、こんな出来事があったという。

《あるとき鹿野が、「太郎、久しぶりにタバコ吸いたい。タバコ買ってきて」と言い出した。

鹿野は若い頃、タバコを吸っていたそうだが、気管切開をして人工呼吸器をつけて以来、さすがにタバコはやめていた。しかし、山内には、呼吸器をつけている鹿野がタバコを吸うのは明らかに〝害〟であると思えた。極端な話、「自殺」に手を貸すようなものだと。》

人工呼吸器装着者がタバコを吸う姿など想像できないのは、多くの人も同じだろう。山内は戸惑いつつ、自らの常識に従って鹿野になんとか思い止まらせようとする。しかし、鹿野は言うことを聞こうとしない。その結果、介護者と被介護者の間で生じる言い争いは、これまた多くの読者に意外性を感じさせる展開となる。

《「やめた方がいいんじゃないの」山内がいうと、

「いいから」と鹿野はいう。

「オレは、なんかそういうのはイヤなんだけど」

内心、「言っちゃっていいのかな」とためらいながらも、山内としては「それが大きな賭(か)けでもあった」という。鹿野に「やだ」とはっきりいった。

「ただでさえ、オレにはストレスが多いんだ。太郎、吸わせろ」

「やだ」

「太郎！」

「やだ」

「てめえ、コノヤロー、吸わせろ」

何だかんだカンシャクを起こしたあとで、鹿野は「もうわかった。太郎には負けたよー」といった。

このときの体験が、その後もボランティアを続けていく上で、ひどく重要だったと山内はいう。》

他にも鹿野とボランティアが、通常の福祉の現場ではありえないと思われる場面で真っ向からぶつかりあって、しかし、それをきっかけとしてそれまで以上に深く理解しあい、介護者が腫(はれ)物に触るように身障者を扱うことが実は人間同士のふれあいを妨げていることを知ってゆく。そんなエピソードが満載なのだ。ちなみに鹿野と深夜に激論を交わした山内は「在宅福祉」をテーマに修士論文を書くに至っている。

書き手も読み手も変える作品

大宅賞の選考委員たちも『こんな夜更けにバナナかよ』のユニークさに注目している。藤原作弥の選評から引く。

《受賞作のタイトル『こんな夜更けにバナナかよ』は、主人公の筋ジストロフィー患者が真夜中に「バナナが食べたい（持ってきてくれ）」とねだった時、介護に疲れ切った付き添いのボランティアがいまいましげに舌打ちするように、内心、思わず口走ったセリフである。》

《主人公の言葉や介護関係者の証言を記した〈介護ノート〉の記録を辿りながら、排泄や性欲、恋愛や友情をはじめ、障害者の身体や精神をめぐる喜怒哀楽のエピソードを丹念に集め、キメ細く取材を積み重ねた成果が奏功し、深い感動を呼ぶ作品になった。》（『文藝春秋』二〇〇四年六月号）

どのような感動だったか。やはり選考委員であった関川夏央はこう書いている。

《著者は当初、多少の苦みをまじえた予定調和的きれいごとを書くつもりでいたようだ。それが幸運にも破れたのは、この本の主人公である病者が、たんなる弱者ではなかったからだ。彼は介護してもらう人ではなかった。介護させてあげる人、ボランティアの青年たちに介護と人間について実習をほどこす強靭な人であった。

そのような、大げさにいえば「世界観」の転換の過程がこの本には見える。作者がかわってゆく（かわらざるを得ない）という意味では、これは「教養ノンフィクション」と呼び得る。》（同前）

《教養ノンフィクション》の言葉は「教養小説」を意識して使われている。教養小説の原語は〝ビルドゥングスロマン〟。主人公が試練を経て一人前の大人に成長してゆくプロセスを描く小説の一類型だ。

実は藤原もその語を使っていた。

《本書を読み終った時、〝カリスマ的な身障者の主人公、〝暴君〟に振り回されるプロやアマのボランティア、そして彼らを取材する筆者、さらにはこのストーリーを辿る私を含めた読者が、（つまり、この本に関わった全ての人々が）いつの間にか貴重な介護体験を学習した――ことに気付かされる。その意味で、この本はビルドゥングスロマン（成長物語）である。》（同前）

しかし『こんな夜更けにバナナかよ』はノンフィクションであり、変わるのは「物語」の架空の登場人物ではない。書いている渡辺自身が変わる。ちなみに平松剛の作品が端正な三人称のニュージャーナリズム風だったのに対して、渡辺の書き方はごく普通に一人称の「私」が登場するスタイルだ。しかしそんな文体だからこそ、私＝渡辺自身が変わってゆくプロセスが見て取れる。そして渡辺だけでなく、ほかのボランティアも変わってゆく。そのドラマチックな変化を、息を呑みつつ見守ることで、読者もまた変わってゆく。

そんな変わっていった読者のなかには大宅賞の選考委員である藤原も含まれていた。選考委員自身が意識変革を強いられたことを告白する選評は珍しいのかもしれないが（藤原の誠実な人柄を感じる）、藤原が作品から受けた感動はそこまで大きかったことがうかがえる。

こうした感動を、重度身体障害者の生きる世界を事実として描き出すジャーナリズムがもたらすことは難しい。事実のなかを生き、それを語る書き手の生身の存在がなければ感動はもたらされない。『こんな夜更けにバナナかよ』は、「物語的な文章」ゆえに成功したノンフィクションだと言える。

渡辺一史『北の無人駅から』

平松が建築を一貫したテーマとして大宅賞とサントリー学芸賞を受賞したのに対して、渡辺の第二作は〝障害者もの〟ではなかった。『北の無人駅から』からも冒頭に近い部分を引いてみる。

《その駅に初めて降り立ったときの正直な感想は、「すぐにでも帰りたい」だった。

東室蘭駅から2両編成の鈍行列車に揺られること1時間ちょっと。室蘭本線で最長のトンネル「新礼文華山トンネル」（2，759メートル）を抜けると、そこが小幌だった。

降りたのは、案の定、私一人である。

トンネルにはさまれた、列車1～2両分ほどの短いホーム。走り去る列車のエンジン音が遠のくと、あたりは不気味な静寂に包まれた。

トンネルから漂ってくるのであろう、燃料の焼けたようなにおいと、強烈な草のにおいがする。ホームの北側は山である。頭上にときおり車の音が聞こえるので、道路は案外近いのかもしれない（地図上の直線距離で1キロ弱）。そう思って、ホーム横を流れる沢づたいに斜面を少しのぼってみるが、草また草で、道路へ通じる道があるのかないのかさえ判然としなかった。つまり、列車なしにはここから動けない、逃げ場のない空間ということだ。》

渡辺一史『北の無人駅から』

『北の無人駅から』で取り上げられる六つの無人駅のひとつ、小幌駅の描写である。この最初の訪問から、渡辺は駅の歴史や、そこに関わった人々の取材へと進んでゆく。

『こんな夜更けにバナナかよ』とはがらりと異なるテーマを選んだのはなぜだったのか。「おわりに　北海道と私」から著者の言葉を引いてみる。

《私がこの本に取り組むことになったきっかけは、冒頭に書いたように、20代の頃からバイク旅行の際に、軒先を借りてきた「無人駅」というものの存在に魅かれたことである。

しかし、もう一つの大きなきっかけがあった。

それは、「北海道」について書きたいという思いからだった。》

渡辺は北海道大学の学生時代からミニコミ誌を発行し、大学を中退してからも観光情報誌に記事を書くフリーライターだった。『こんな夜更けにバナナかよ』は渡辺がライターをしているのを知っていた『北海道新聞』の記者が仕事を持ちかけたことから始まっていたが、『北の無人駅から』は彼自身の企画だった。

観光情報誌や観光案内パンフレットに記事を書く仕事を通して、さまざまな「北海道」についての文章を書いていたとき、《「ウソ」ばかり書きつらねてきた、という思いが強》かったと渡辺は書く。手抜き仕事をしたわけではない。だが《一定の企画意図に基づき、ある〝定型〟

を逸脱しない範囲内で、自明な〝落としどころ〟に向かって、誰もが安心するおなじみの「北海道」を発信しつづけてきた》と自分の仕事ぶりを評する。そして一念発起して『北の無人駅から』に取り組む。

《もっと「本当のこと」を書かなければならない――。この20年間で、私が見たこと、感じたこと、考えたことのすべてをこの本の中に封じ込めたい。この本の取材と執筆に取り組みながら、私が憑かれたように思い続けてきたのは、そのことだった。》

この作品が、なぜサントリー学芸賞に選ばれたのか。選考委員の袴田茂樹は読んでいて民俗学者宮本常一の名著『忘れられた日本人』を思い出したと書く。確かに宮本もまた地方の人々の暮らしと語りを、民俗学研究のレベルを保ちつつ、それを誰をも魅惑する味わい深い文章で綴っていた。そんな宮本を連想させるというのは、この作品もまた現代社会を扱う民俗学的調査のヴァリエーションたりえており、その意味で研究、評論を対象とするサントリー学芸賞の受賞作としてふさわしいということだろう。

ただし袴田はあえて苦言も呈している。

《個別のミクロ世界も、確かな眼で穿つと、自ずと普遍の世界につながる。しかし、意識的に普遍化しようと安易に理屈や論に走ると、一挙に生彩を欠く。本書でも、本来の手作り的な「有機農業」と北海道の「クリーン農業」の違いに関連して、農業指導員の苦労話などを具体的に語るのは面白い。しかし、その先に進んで著者の農業政策論、ＴＰＰ論などに及ぶと、たちまち平板な紋切り論になり個性が消える。》（サントリー文化財団編集『サントリー学芸賞選評集（２００９〜２０１８）』）

《宮本常一が一般化を敢えて禁欲した意味を著者はしっかり噛みしめて欲しい》と袴田は書く。「論」に傾く部分で生彩を欠いている欠点については、研究、評論を対象とするサントリー学芸賞の選評として、やはり触れておかなければならないわけで、袴田はその義務を果たしている。

だが「論」としては評価しなかったが、それでも《広く社会と文化を考える独創的で優れた研究、評論活動》と認めたのは、論に至らない《多くの無名の人たちの生き様を、直接の聞き取りや資料調査で微に入り細にわたって描いた》部分に大きな価値を認めたからだ。

そこでは平松の場合とは異なる「知」のあり方が評価されている。平松の場合、建築学の教育を受け、現場経験を積んで身につけた専門知が評価された。渡辺にそうした専門知はない。しかし取材を通じて認識を改め、自分自身が変わってゆく、そうした経験を積み、それを書いて読者にも変化をもたらす。

こうした知のあり方について思い出すのは、ベストセラーとなった『バカの壁』のなかで養老孟司(ようろうたけし)が語っていたことだ。養老は東大教授時代に東大出版会の理事長をしていたことがあった。そのときに一番売れた本が、「東京大学教養学部「基礎演習」テキスト」(サブタイトル)として編集された『知の技法』だった。知を得るのにあたかも一定のマニュアルがあるかのようなスタイルを採用したその本が、養老には気に入らない。

《何でこんな本が売れやがるんだ、と思って、出版会の中で議論したことがある。結局、答えが得られない。私以外は、そんなことを気にしてはいなかったのでしょう。

その後、自分で一年考えて出てきた結論は、「知るということは根本的にはガンの告知だ」ということでした。学生には、「君たちだってガンになることがある。ガンになって、治療法がなくて、あと半年の命だよと言われることがある。そうしたら、あそこで咲いている桜が違って見えるだろう」と話してみます。》

《その桜が違って見えた段階で、去年までどういう思いであの桜を見ていたか考えてみろ。多分、思い出せない。では、桜が変わったのか。そうではない。それは自分が変わったということに過ぎない。知るというのはそういうことなのです。》(『バカの壁』)

本当の知は自分を変えてしまう力を持っている。知る前の自分にはもう戻れない。マニュアル的な『知の技法』に養老が噛み付いたのは、アカデミズムの専門知も本来はそうしたものであるべきだという考えからだった。マニュアルもそうだし、専門性に閉じこもり、仲間内で僅差を争うようなアカデミズムの研究姿勢でも、知る人自らが変わってしまうような知識はなかなか提示されない。

ところが渡辺の『こんな夜更けにバナナかよ』は著者を変え、読者を変えてしまうかたちで身障者とボランティアの姿を語りあげた。大宅賞の選考委員だった藤原作弥はそんな「知」のあり方に感動したのだ。『北の無人駅から』も同じだ。知ることで「北海道」に対する見方ががらりと変わってしまうような驚きがある。そこに、アカデミズムでもそうあるべき本来の知のあり方、凄みを感じたからこそ、「論」に流れがちな欠点を認めつつも、袴田（と選考委員たち）はその作品をサントリー学芸賞にふさわしいと考えたのではないか。

ただ、ここでも人間を描き、よりジャーナリズムらしい『こんな夜更けにバナナかよ』が大宅賞を受賞し、人間を描きつつ北海道という地方のあり方をも描き出そうとして、どちらかといえば評論に寄っている『北の無人駅から』がサントリー学芸賞を受賞している。平松の二作もそうだったが、それぞれの性格を思えば妥当な配置とも言えるものの、ジャーナリズムか、アカデミズムかの二分法のなかにぎりぎりで留まり、ジャーナリズムとアカデミズムを総合するアカデミック・ジャーナリズムにもう一歩届かない口惜しい印象も残る。

三人目のダブル受賞者の小川さやかにも同じ印象があり、大宅賞受賞作『チョンキンマンションのボスは知っている』について、《学術論文とは違うエッセイとして好きなことを書》こうとしたと「おわりに」で自ら説明している。彼女の場合、大学院進学後、研究者として確かな地歩を築いてきており、サントリー学芸賞受賞に意外性はない。そんな小川がジャーナリズム向けに性格づけた作品が大宅賞を受賞したという意味では、学術性の高い作品にサントリー学芸賞が与えられ、ジャーナリスティックな作品に大宅賞が与えられるという二分法を、ここでも超え出ていない。

大宅壮一ノンフィクション賞とサントリー学芸賞をともに獲得している書き手が登場したのだから、次には両賞を同時に受けるような作品の登場に期待したい。その作品こそまさにアカデミック・ジャーナリズムの名にふさわしいものになるのではないか。そして、そうした作品を正しく評価するためには、戸坂潤にならって、アカデミズム界の住人は停滞しがちなアカデミズムに刺激を与えるジャーナリズムの、ジャーナリズムの側でも皮相化しがちなジャーナリズムを牽制して原理的な検討に向かわせるアカデミズムの効用を、それぞれ理解する必要性があるだろう。

第6章　虚構と現実を超えた評価軸の可能性

北条裕子『美しい顔』
野村進『救急精神病棟』
開高健『輝ける闇』

群像新人文学賞での高い評価

二〇一九年四月十七日、講談社は北条裕子（ほうじょうゆうこ）『美しい顔』を単行本として刊行した。この作品はちょうど一年前に第六一回群像新人文学賞を受賞しており、受賞作の出版は珍しいことではないが、このときは慣例の幅に収まらない経緯があった。『群像』二〇一八年六月号において受賞が発表された後、「美しい顔」は厳しい批判に曝（さら）されていたのだ。

この一連の経過について、ここではこう概括してみたい。『美しい顔』は創作小説、つまりフィクションの作品であり、群像新人文学賞も創作作品に対して与えられる賞である。しかし受賞後に批判の集中砲火を受けたのは、この作品がフィクションではなく、ノンフィクションとして社会的に受容されたからだった、と。

ノンフィクションとして書かれた作品のなかに、著者本人が取材した事実ではなく、著者の想像力によって書き足された部分が発見されたとき、ノンフィクションとしては致命的な欠陥とみなされる。そんなスキャンダルはよく起きる。それはノンフィクションがジャーナリズムの派生形態だからにほかならない。ジャーナリズムでは事実が最大限に重んじられる。

しかし、それに対して逆のベクトル、つまりフィクションとして書かれたものが、ノンフィクションとして受け入れられるというのはどういうことなのか。そこにフィクションとノンフィクションを隔てる一線について考える、ひとつの入り口が開かれていると思う。

経緯をおさらいしておこう。

群像新人文学賞に投稿された「美しい顔」について、『群像』に受賞作と一緒に掲載された選考委員たちの選評が簡にして要を得た紹介にもなっているので引用しておく。まず高橋源一郎はこう書いている。

《作者は、小説を書こうとしたのではなく、伝えたいことがあって、それがたまたま小説になったのだ。では、作者が書きたかったのは何だったのか。主人公の「私」は、「3・11」で被災し、母を失った少女だ。この作品で、作者は、それがどんな過酷な体験であったかを、まるでドキュメンタリーのように詳細に描いてゆく。ここまで真正面からストレートに「あの日」を描いたフィクションはなかったように思う。》（『群像』二〇一八年六月号）

では、《ドキュメンタリーのように詳細に》書かれている内容とはどのようなものだったのか。辻原登の選評は受賞作からの具体的引用を多く含み、作品の雰囲気も再現してくれている。


《避難所のダンボールの中に潜んで、「ブルーシートが擦れる冷たい水を思わせるような音」を聞き、「たくさんの支援物資が届く様子を眺めている」。「ビニールに包まれた遺体が、こっちこっち、こっちへおいで、と私に手招きしている。と思ったらそれはビニールに納まりきらなかった黒く色の変わった腕であった」。

山のふもとの遺体安置所は、〈私〉の視線の中に常にある。生きていてほしい、でも死んでいるかもしれない。カフカの「城」のように、遺体安置所はいつも見えていて、接近できない。「わたし、なにを探してるのか忘れちゃって」。

しかし、この避難所に東京のテレビ局のカメラが入ってきた時から〈私〉の世界は、〈私〉の目は奇妙にねじれていく。〈私〉は、行方不明の母を探している「美しい少女」をカメラと記者の前で演じ始める。ここから、この一見ドキュメントふうの饒舌な〈私〉の語りは一転して、小説的深度と圧を獲得し、最後まで緩むことなく〈我々〉を攫ってゆく。〈私〉は、もう母は生きていないかもしれないと考えている。彼ら（メディア）もそう思っている。しかし、母は生きているという希望を持っているかのように〈私〉はカメラの前で演技する。演技している〈私〉と、もう一人の〈私〉がいる。〈私〉を見ているカメラだ。さらにこの二つの〈私〉を遠くから見ているもう一人の〈私〉がいる。それは同時に〈我々〉だ。》（同前）

〈私〉は高校のミス・コンテストで準ミスに選ばれたことがあった。テレビ画面の向こう側にいる視聴者から見れば、被災者の少女の外見的な美しさが上書きされることで被災の現実はより悲劇的に見えるのだろう。都会からやってきたマスメディアのカメラマンはそんな相乗効果を間違いなく意識しており、だからこそ主人公を準ミスから勝手に格上げして「ミスS高校」「ミスコン優勝者」と紹介しつづけ、取材相手として起用を繰り返す。

そして主人公自身も、被災した悲劇の美少女をなめまわすように眺める視聴者の視線に自分の視線を迂回させて重ね、《自分は今、おそらく美しい顔をしているだろう》（同前）と独白するのだ。遠く離れた安全地帯に留まりつつ被災の悲劇を共有したいという勝手極まりない願望を抱いている視聴者たちに、ただ消費されるだけの存在になっている自分自身のあり方を〈私〉は実感しつつ、確信犯的にそれを演じる。その屈折した境地が表題にもなった。

北条裕子『美しい顔』

だが、物語はその後、変転する。〈私〉はついに母の遺体と対面を果たす。看護師の母は高齢の患者を助けようと紐で患者を自分の背中にくくりつけていた。そのせいか発見されたときに失われていた下半身に新しい服を着せられ、半分潰(つぶ)れた顔にガーゼを当て、残された顔に化粧を施された母の遺体と対面した〈私〉は、《母は美しかった。確かに母には下半身がなかったが母は気高くて気品があった》と感じる（ちなみに表題は、この母の「美しい顔」にもかかっているのだが、そこは批評的に言及されるときに見逃されがちだ）。

この対面を機に〈私〉は被災地を離れる決意をする。

一転、厳しい批判に

高橋、辻原以外の選考委員の選評でも「美しい顔」は絶讃されている。ところが受賞の報は祝福とは異質の反応を呼んだ。群像新人文学賞は未発表作品の公募なので、作品の存在が選考関係者以外の一般に知られるのは受賞の報が初めてとなり、内容まで知られるのは受賞作が『群像』に掲載されてからになる。そうした発表前の水面下での経緯を含めて、講談社の説明（二〇一八年七月六日公開）に従って記載してみる。

新人文学賞の選考会は二〇一八年四月十日に開かれた。前年十月末に締め切られた応募作は二〇〇三篇あったが、そのなかから最終選考会で「美しい顔」が選出された。

『群像』の編集部員は四月十二日に初めて北条と会った。その際に編集部は『群像』掲載用の校正刷りを手渡すとともに参考文献の有無を確認したが、それについては詰めきれずに終わったという。その理由として因果関係が明示されているわけではないが、《当選作決定からこの初面会におよぶ連絡のやりとりから、北条氏が妊娠中で四月末の出産予定日を控えていることがわかりました》と付記されている。

四月二十日にゲラ刷りを受け取るために編集部員が北条の自宅まで赴く。このときに北条が参考文献として石井光太『遺体』（新潮社）、金菱清編『3.11慟哭の記録』（新曜社）を提示し、編集部員は机上に置かれているそれらの文献を目視しているが、このときもそのままとなった。

四月二十三日に『群像』は校了し、五月七日に発売される。この間に北条は出産。

五月九日に群像新人文学賞の贈呈式があり、出席した北条が持参した参考文献の内容の精査を、編集部が開始する。北条は編集部員に《『遺体』からは特に遺体安置所などの状況について示唆を受け、『3.11慟哭の記録』からは被災地全般の状況について示唆を受けた》と説明していたという。

五月十日に『遺体』に関して五か所の類似箇所を確認。『3.11慟哭の記録』に関しても類似と思われる箇所を確認し、『群像』編集部は前者の著者の石井光太と連絡を取り、事情説明とお詫びをしたいと伝える。十四日、石井と面会し、以後は版元である新潮社との協議を行うことを決める。

六月十八日に「美しい顔」は芥川賞候補に選ばれる。

六月二十五日、『3．11慟哭の記録』版元の新曜社から『群像』編集長宛に、「美しい顔」のなかにある類似表現に関する手紙が届く。類似に気づいていながら編者の金菱、版元ともに講談社側からそのときまで連絡を取っておらず、ここから協議が始まる。

六月下旬に編集部は『群像』八月号（七月六日発売）で参考文献未表示について謝罪し、主要な参考文献五冊について一覧を掲載することを決める。

六月二十八日、編集部責任者が『読売新聞』の取材を受ける。

六月二十九日、『読売新聞』記事「小説に参考文献つけず 「群像」おわびと一覧掲載へ 芥川賞候補「美しい顔」」が掲載される。他社も後追い記事を作成した。

そこで指摘された参考文献のひとつが石井光太『遺体』であったことには、運命の巡りあわせめいたものを感じざるをえない。『遺体』は第三四回講談社ノンフィクション賞（二〇一二年）の候補になっていたが選外になっている。『g2（ジーツー）』二〇一二年九月号に選考会の議論が掲載されているが、そこでは選考委員の一人であるノンフィクション作家の野村進（のむらすすむ）が石井の創作方法について意見を述べていた。野村は石井の前作『レンタルチャイルド』が本当にインドでの取材を行っていたのか疑わしいとして、パスポートのインド出入国のスタンプや通訳への謝礼の支払いの領収書などを確認するべきだと述べている。要するに野村は、石井が取材で手に入れたファクト以外のことを書き込む、ノンフィクションではなくフィクションに踏み出しがちな作家ではないかと疑っているのだ。

こうした選考経緯があって講談社の賞から落選していたノンフィクション『遺体』の記述を断りなく参照した作品が、同じ講談社の群像新人文学賞を取ることについて、『遺体』版元の新潮社としては、やはり一言言っておくべきだと思ったのではないか。新潮社は六月二十九日に《単に参考文献として記載して解決する問題ではない》とのコメントをネットで発表した。

こうした応酬が続いたが、もしも芥川賞の候補になっていなかったら、一般的な関心の広がりはもう少し小さかったかもしれない。候補になったからこそ、芥川賞選考委員会がコピペ（コピーアンドペースト）疑惑をかけられた小説作品をどう扱うか――、賞の知名度も手伝って、世間はその行方(ゆくえ)を興味津々で見守ることになる。そんな関心の高まりを受けて、七月十八日に開催された芥川賞選考会ではいつもより多くの記者が会場の料亭に詰めかけたため、通常より広い部屋が用意されたという。希望する選考委員には、北条が参考にした文献も資料として事前に送付されていたというのも異例だった。

「盗用」疑惑よりも文学作品としての評価

芥川賞の選考過程はおよそ明らかになっている。全候補作から最終候補を絞るための一次投票では「美しい顔」に受賞賛成を示す○を付けた委員はなく、△が四票だったために早々に落選した。しかし注目度は高く、島田雅彦(しまだまさひこ)が選考委員を代表して取材を受けたし、受賞作発表号では選評に「フィクションと盗用、選考委員はこう考える」と題した寄稿を添えている。

《本作は「盗用」ではない、という点については、（選考委員の――引用者註）どなたからも異論が出ませんでした。

私なりにその根拠を述べますと、「美しい顔」の版元の講談社と、引用元とされる各版元との間で様々な原則の確認がなされた模様であること。また私自身、問題箇所を対照して見ましたが、表現の類似が見られるところも、文章を丸ごとコピーアンドペーストしたものではない。ぎりぎりセーフであり、仮に引用・参照先の明記があるならばクリアーできた問題だと、これは選考委員の共通した認識だったと思います。》（「フィクションと盗用、選考委員はこう考える」『文藝春秋』二〇一八年九月号）

島田がコピーアンドペーストではないというのは、いわゆる「類似表現」が以下のようなものであったことを指している。石井の『遺体』に《床に敷かれたブルーシートには、二十体以上の遺体が蓑虫（みのむし）のように毛布にくるまれ一列に並んでいた》という箇所があるが、「美しい顔」では《隙間なく敷かれたブルーシートには百体くらいはあるだろう遺体が整列していて私たちはその隙間を歩いた。すべてが大きなミノ虫みたいになってごろごろしているのだけれどすべてがピタっと静止して一列にきれいに並んでいる》となっている。

また『遺体』に《死後硬直がはじまっているらしく、毛布の端や、納体袋のチャックからねじれたいくつかの手足が突き出している》とあるのに対して、「美しい顔」では《あちらこちらで毛布の隅や納体袋のチャックから、ねじれたいくつかの手足が突きだしていた》となる。

確かに北条は、受賞に際して記した文章（「受賞のことば」『群像』二〇一八年六月号）でも一度も被災地に足を運んでいないことを認めており、遺体が並べられている光景は自分で見たものではない。しかし、それは、石井の作品でなくても、たとえば他の映像報道でも見られないものではなかった。さらに言えば、津波被災地の光景として想像して書けないわけでもない。著作権法は著作物の定義として「思想又は感情を創作的に表現したもの」としており、被災の事実を表現しただけでは著作物の範疇に入らない。「蓑虫のように」という比喩的形容については事実ではないが、それにしても石井側でオリジナリティを主張できるほど斬新にして個性的な表現とまでは言えないだろう。もちろん現地に足を運んでいない北条がそれを読んでイメージを膨らませていたのだとすれば、礼儀として参考文献名を挙げたほうがスマートであったことは島田の指摘を待つまでもない。

ただ「盗用」ではないとしても、文学作品としては別の評価をせざるをえないと島田は続ける。

《この小説において、震災に関わる描写がかなりのウェートを占めています。加えてこの作品は、主人公の「私」が、震災に関する取材を受けること等を通じて、次第に自意識に目覚めていく青春小説であると読むことができます。そしてその自己認識のプロセスが、震災の具体的な描写と深く関わっている。つまり、ノンフィクション作品を参照・引用する際のマナーの問題と、文学的価値の問題とを、切り離して論じることができないのです。
　こうした前提の上で「美しい顔」を読むと、練りが足りない。フィクションとして震災の事実を活用するのであれば、もう少し表現の換骨奪胎とか、語り手の「私」の震災に対する態度が明確に出るような形での文章の書き換えが必要でした。事実を表す言葉を、フィクションとして、自分なりの表現に昇華させる努力が足りなかったと私は思います。》
（島田前掲）

「美しい顔」は被災地での経験を通じて成長してゆく少女を描いた〝ビルドゥングスロマン〟であり、そうである以上、被災地の情景描写が小説として重要な背景になる。であれば、ノンフィクション作品の描写から借りた事実を踏まえて、それを自分の小説の表現に昇華させる努力がもっと必要であった。そこには参考文献の明記云々とは別次元の、創作上の未熟さがあったと島田は考えている。
　こうした指摘には多くの点において共感できる。北条が東日本大震災の被災地を一度も訪ねていない以上、小説の情景描写はいずれも直接経験に依らず、著者が3・11後に触れた「描かれてきた東日本大震災」像から再構成されたことになる。島田の言うとおりだ。そこで描かれた災害の表象、語られた被災者の言葉の数々を北条は咀嚼し、オリジナル・テキストから切り離して「記号」として小説のなかに再配置しようとした。しかし、その作業で咀嚼が足りなかったと島田は言うわけだ。

単行本化に際して、講談社は二〇一九年四月四日に《各位からのご指摘を真摯に受け止めて文献の扱いについて熟慮し、文献編著者および関係者との協議と交渉を経て、著者自身の表現として同作を改稿いたしました》とのコメントをウェブサイトに掲出している。実際、単行本版では《二百体くらいはあるだろう遺体は、みな不自然なほどわずかにも動かず静かにきちんと並んでいた》とされ、「ミノ虫」の表現は削除された。先に引いたもう一か所のほうも《あちらこちらで、腕が、高らかに振りあがって宙で力強く静止していた》となり、「毛布の隅や納体袋のチャック」の表現は省かれた。このように単行本の巻末に主要参考文献一覧を挙げただけでなく、参考文献の描写への依存度を減らす処置が施されている。こうした改稿と、謝罪文を書き送ったことをもって新潮社、石井との間では和解にこぎつけた様子がうかがえる。「自身の表現としての改稿」とは、そう言われたからというわけではもちろんないだろうが、島田が指摘していた方向での改稿でもある。

ただ、ここでは島田と少し違う回路を経た議論を試みたい。

参考文献は普遍化にそぐわない？

記号の集積を背景に、架空の被災者たちを登場させた「美しい顔」を読んだときに思い出したのは、田中康夫のデビュー作『なんとなく、クリスタル』（以下、『なんクリ』）だった。実在のブランドネームなどの固有名詞を大量に盛り込んだ『なんクリ』の文体の選択を、評論家の故・江藤淳は《東京の都市空間が崩壊し、単なる記号の集積と化した》（蓮實重彦との対談。『オールド・ファッション』所収）ことを描く必然だったと評価し、一九八〇年の文藝賞に推した。結果的に『なんクリ』は小説の体裁を取りながら、高度成長期を経た〝豊かな〟日本の姿を描き出す文学的なノンフィクション作品の性格を兼ねたとも言える。

「美しい顔」も、著者が意識的だったかどうかは別として、記号化過程を含まずには済まされない情報化時代の災害を、身をもって描いたとも言える。

だが、共通性はそこまでで、『なんクリ』と「美しい顔」の間には大きな違いもある。田中が実在するブランド名などを大量に取り上げて書いたのに対して、北条は東日本大震災を示す固有名詞を徹底して避けているのだ。たとえば地名を含む表現は「東北地方」「東北弁」といった津波被害を受けていない日本海側までを含むおおまかな記述にとどまり、具体的な地名、都市名としては被災地を離れて姉弟が移り住むことになる、伯母が暮らしている「沼津」まで一切登場しない。主人公が通っている高校も「S高校」とされている。東日本大震災を特徴づける原発事故への言及もない。

哲学者チャールズ・パースは、現実を示唆する言葉を〝指標記号（インデックス）〟と呼んだ。「あの」「この」といった指示代名詞がその典型だが、実在の事物や人名を指す固有名詞も指標記号となる。固有名詞＝指標記号の使用は事実を示す際に避けられない。ジャーナリズムの表現は固有名詞＝指標記号を主に用いる「事実的な文章」である。

そうした固有名詞を徹底的に避けて一般名詞レベルの記号しか用いない手法には、東日本大震災の現実を超えて、普遍的な被災の姿を小説化しようとした北条の思いが込められていたのではないか。北条は「事実的な文章」を用いず、「物語的な文章」を使おうとした。その手法は田中と対照的だ。田中は小説を書きながら、現代の東京における消費生活の一側面を描こうとしたので、現実に存在する指標記号を用いた。つまり田中は意図的にジャーナリズムの表現を用いてフィクションを書いた。それに対して現実の東日本大震災ではなく、被災した世界を小説として描こうとして指標記号を省いた北条の徹底ぶりには、ある種の倫理的強度のようなものを感じないでもない。

そう考えると、なぜ参考文献を記載しなかったかの理由についても、単なる〝記載忘れ〟とは異なる推測ができるようになる。東日本大震災を扱っている参考文献を挙げれば、小説が現実の東日本大震災を舞台にしていることを示す指標としてそれらは機能してしまう。だからその存在を隠さざるをえなかったのではなかったか。つまり、周囲は参考文献を示さなかったのが問題だというが、それは小説の内容からして実は無理な注文だったのではないか。

だとすれば、小説の改稿は島田雅彦の指摘する方向を目指すことに、あらかじめ宿命づけられていたことになる。それは、ここまでの説明の用語法を踏まえて言えば、具体的な現実を指示する言葉をオリジナルの文脈から切り離した「記号」(パースの概念を用いれば指標記号=インデックスではなく、象徴記号=シンボル)として扱う姿勢をもっともっと徹底させるべきだったということでもある。そうすれば象徴記号は小説という象徴体系のなかで自律的に意味を持つようになり、外部の現実を指し示す回路から解き放たれ、小説は完全に「物語的な文章」となる。ところが『美しい顔』の場合、そうした現実の文脈からの剝離作業が不十分だったために、群像新人文学賞受賞時に、ノンフィクション作品が出典だと明らかにわかる箇所が作品中に残ってしまっていたことは大きな失策だった。だからこそ批判を受けたのだし、批判された結果、単行本化に際しては、東日本大震災を描いていることを明らかに指示する指標記号としての参考文献一覧を付けることになってしまったのだ。

フィクションがノンフィクションとして読まれる

ただ、もし文献名非表示で済ませられるほど小説として自律的な表現を獲得していたとしても、問題は解決しなかったのかもしれない。東日本大震災の発生から七年経った「美しい顔」発表時点でもなお被災の記憶は薄れず、固有名詞を使わないという程度では震災を連想させる指示の回路を断てないのだ。言説=記号の単位を作品自体に拡張したときに、それが東日本大震災を示す指標として機能してしまう。「物語的な文章」が「事実的な文章」だと解釈されてしまう。これはもはや著者の能力を超えて、作品が置かれた社会的環境の問題でもある。

それについては、島田雅彦が芥川賞発表号の寄稿で触れていた開高健のエピソードと照らしあわせて考えるといいだろう。開高は『週刊朝日』特派員としてベトナム取材に赴いた。そして現地報告ルポルタージュとして『ベトナム戦記』を書いた。これに対し一九六六年、安部公房との対談（「二十世紀の文学」『文藝』一九六六年二月号。引用は『三島由紀夫全集（決定版）』第三九巻より）で三島由紀夫は、『ベトナム戦記』に登場するサイゴン市内で実施された少年兵の処刑について、《なんにも見てない。僕は驚いた。それは、こっちで、東京にいて書斎のなかで、想像して書いたほうがましだよ》と述べた（島田は、小説『輝ける闇』に対する批判と書いているが、三島の批判は最初に発表されたルポ『ベトナム戦記』に対するものである）。

実際に現地に出かけて処刑を目の当たりにしていた開高に対して「見てない」と批評する意味はどこにあったのか。それは吉本隆明と読み合わせると理解できる。吉本はこう書いていた。

《開高健の『ベトナム戦記』をよんでみると、わが国の進歩的知識人の思想的な「国外逃亡」がどんなものであり、どのような荒廃にさらされているかを如実に知ることができる。》

《この作家が、二十年にわたる〈平和〉な戦後の有難い〈民主主義〉とやらの現実のなかで、政治的なまた大衆的な国家権力とのたたかいのなかで敗れ、思想的に死んでいったひとびとや、〈平穏〉な日常生活のなかで、子を生み、育て、一言の思想的な音もあげずに死んでゆくひとびとを、〈銃殺〉された死者として〈見る〉ことができず、わざわざベトナム戦の現地へ出かけて、ベトコン少年の銃殺死を見物しなければ、人間の死や平和と戦争の同在性の意味を確認できなかったとき、（開高は――引用者註）幻想を透視する作家ではなくただ眼の前でみえるものしかみえない記者の眼しかもたない第三者にほかならないのだ。》（「戦後思想の荒廃――二十年目の思想情況」『展望』一九六五年十月号。引用は『吉本隆明全集』第九巻より）

小説家が見るものは記者が見る現実の表層とは違う。開高は小説家でありながら表層しか見ていない。三島と吉本はともにそのことを批判していた。

こうした批判を、開高は受けて立とうとする。開高は『朝日ジャーナル』一九六六年一月二日号から十月三十日号まで四四回連載で小説「渚から来るもの」を書いた。創作意図については開高本人がこう書いている。

《架空の国について現実的な空想の物語を書いてみようと思いたった。海外の諸国を歩きまわり、皮膚の外で暮して、〝事実〟の記録にばかりふけっていたので、私は想像をたのしみたくなったのである。

インドネシアやベトナムで毎日眺めた炎上する劇場のような夕焼け空が忘れられないばかりに、この〝アゴネシア〟という国も広大無辺な亜熱帯圏アジアのどこかにおいたが、似ているからといって実在の国になぞらえないで読んでください。歴史を比喩の形で語るのなら別の方法があるはずです。》（連載第一回「作者のことば」）

今度こそ記者として見たものを書くのではなく、小説を書く。そんな決意で始められた作品は、しかし、痛烈な失敗に終わる。

《一年近く働き、約九百枚を書き、連載を終ってから読みかえしてみると、寓話がただの比喩になってしまっていることがわかった。またこの架空の小説をたいていの人がヴェトナムそのものと思いこんでいることがわかったので、何日も考えたあげく、ボツにすることとした。九百枚近くを紙屑籠に落したときは、ドサッと音がし、思わず暗澹をおぼえた。これはつらいことだった。何日も影響をうけて私はぼんやりしてしまった。》（「小説のなかの〝送り〟」『新潮』一九六八年八月号。引用は『開高健全集』第一四巻より）

先に開高自身が例として引いていたアゴネシアはアジアのどこかにある架空の国という設定

だった。他にも現実の地名は注意深く避けられている。それは北条が現実の固有名詞を使わなかったのと同じ手法だ。しかしその結果は《寓話がただの比喩になってしまっ》た。それを架空の国を描いたフィクションだと思ってくれる読者はほとんどおらず、《たいていの人がヴェトナムそのものと思いこんでいることがわかった》。当時、アジアらしき場所を舞台に戦争を描けば誰もがベトナム戦争を連想してしまう。二〇一七年に被災地を描けば東日本大震災だと思うのと同じ構図だ。いかに現実の指標となる固有名詞を避けても、小説全体が指示機能を持ってしまう。フィクションであるはずの小説が、あたかも事実的な文章を用いるジャーナリズムの作品のように受容されてしまうのだ。

個人の経験を小説化するということ

やはり類似箇所が指摘されていた『3.11慟哭の記録』の編者金菱清が「美しい顔」を批判するのも、こうした事情があってのことだ。金菱は二〇一八年七月二日に出版元である新曜社を通じて《震災をいまだ言葉で表現できない被災者が多い中で、それを作家自身がどのように内面化するのかが問われています。本書『3.11慟哭の記録』は、容易に表現できない極限の震災経験を、編者の求めに応じて被災者が考え抜き、逡巡しながら綴った「書けない人々が書いた記録」です。単なる参考文献の明示や表現の類似の問題に矮小化されない対応を、作家と出版社に望みたいと考えています》というコメントを出していた。

『3.11慟哭の記録』に取り上げられた被災者の言葉の重さを噛み締め、それが、小説家が自由に利用して小説を創作できるような性質のものでないことを思い知るべきだと金菱は考えている。それゆえに、改訂版による単行本化を許した石井と新潮社と金菱は歩調を合わせなかった。単行本化前の二〇一九年四月六日に金菱自身が《「美しい顔」の出版について談話だと当方が協議や交渉を経て改訂稿を認める形になっています。そのような事実はなく、改訂案が一方的に送られてきました。原作者が「剽窃」の疑われている作品の改訂への関与など断じてありえません。編著者の関与について撤回訂正を求めます》とツイッターに書き込んでいる。

金菱の考えは一貫している。被災の辛苦のなかで呻くように発せられた言葉を他の人が利用することなどできない。それは被災者の言葉を奪うことである――。個々の被災経験の重さを目の当たりにし、その経験が逡巡のなかでかろうじて言葉にされていく苦しみに満ちたプロセスに寄り添ってきた金菱が、そう考えただろうことは十分に理解できる。証言集に言葉を寄せてくれた人たちの思いを何より尊重し、彼らを守ろうとするのは編者として当然のことでもあった。

だが、その一方で、言葉とは社会的に構築されてきた一種の公共財であり、それを使用する権利は著作権法や引用参照の慣例の許す範囲で公共空間に開かれてもいる。そうした開かれた性質があったからこそ、個々の人々の経験を踏まえて作り出され使われてきた言葉が別の経験との接続を生み出すことによって、創作、文芸の歴史が刻まれてきたこともまた歴史的事実である。

こうした言葉のあり方に注目するときに興味深いのは、類似表現を指摘されていながら北条が単行本化に際して修正していない箇所があることだ。

《どのコンビニもスーパーもガラスが割られていた。ほとんどのお店にはたくさんの人がいた。子どもから老婆まで詰めこんでいた。みな、商品を、食べられそうなものを探していた。店とはいえ他人の家なのにみんなどんどん入っていく。当たり前みたいに入っていって物を持っていく。それが盗みだ、ということに私は気づかなかった。いや気づいていたのかもしれない。でも悪いことだとは思わなかった。私も店内に入っていって残っているものはないかと探した。がんばって探した。横転している棚の下に手を伸ばすと缶詰が二個転がっていて私はそれをとってすぐに店を出た。私はそれを、悪いことだとは感じていなかった。なぜだろう。なぜだったろう。そのときにはわからなかった。でも今になってようやくわかる。それは、単に、生きようとすることが良いことだからだ。盗むことを迷いもしなかったのは、生きることに迷いもしなかったからだ。》(『群像』二〇一八年六月号)

この箇所は単行本化に際してこう書き換えられている。

《少し前、私は弟を背負って死体が浮いている町をほっつき歩いた。商店のガラスが割られていたので弟を背負ったまま店内に入っていって残っているものはないかと探した。横転している棚の下に手を伸ばすと缶詰が二個転がっていて私はそれを取ってすぐに店を出た。それが盗みだ、ということに私は気づいていなかった。いや気がついていたのかもしれない。でも悪いことだとは感じていなかった。なぜだろう。なぜだったろう。そのときにはわからなかった。でも今になってようやくわかる。それは、単に、生きようとすることが良いことだからだ。盗むことを迷いもしなかったのは、生きることに迷いもしなかったからだ。》（単行本『美しい顔』）

この箇所に対して金菱は《食べ物のない、物資の届かない極限の状態のなかで「盗み」をせざるをえず、生きたいという感情からだったと自分をなんとか納得させる描写は、その当時の人の立場でなければ体現できないもので、これは現実の想像をはるかに超えるのです》（「「美しい顔」〔群像6月号〕についてのコメント」二〇一八年七月五日）と書いていた。

しかし北条は「盗む」ことをめぐる描写を、被災当事者でなければ体現できない表現と指摘されてなお残した。そこには、想像を絶する被災者の経験から絞り出された言葉であってもそれを小説家は小説に用いることができる、指標記号だった言葉を象徴記号に変えることはできるはずだ、という北条の信念が表明されていたのではなかったか。

ここで北条が群像新人文学賞受賞時から自らの「罪深さ」を述べていたことにあらためて注目すべきだろう。北条は無邪気に小説を書いているわけではない。極論すれば、個々の経験が苦しみながらも言葉にされ、その記録が公刊された段階で、言葉を個人のもとから社会の側に引き離す「略奪」は始まっている。そして他者の言葉で作品を作る小説を書くということは、そうした略奪に連なる技芸なのだという罪の自覚が北条にはある。

固有名詞を徹底して避け、被災の現実と照らしあわせて読まれることを回避しようとした受賞作の姿勢にはある種の覚悟めいたものを感じたが、それでもその作品は現実の被災を示す指標として読まれてしまった。そこで単行本化に際して、ノンフィクションの参考文献のなかで具体的経験と密着していた事実的な言葉をもう一度、経験的事実の文脈から引き剝がし、新たな経験の宛先を小説という象徴記号空間のなかに作り出すこと、物語的な言葉として生まれ変わらせることに再挑戦した。この経験からの切断と物語の象徴空間への宛先の切り替えを〝罪に罪を重ねる〟作業だと自覚しているからこそ、その証拠として、あるいは自らの罪深さを忘れないために作品に刻んだリストカットの傷あとのようなものとして、北条はあえて「盗む」ことのモチーフを残したのではないか。

経験のつけ替えは、実はフィクションの専売特許ではない。千葉県精神科医療センターを舞台として野村進が書いたノンフィクション『救急精神病棟』に、間宮康一という名前の研修医が登場する。そのあとがきにおいて野村はこう書いていた。

《医療従事者の名前は原則的に全員実名としたが、主治医の実名を公表するかどうかで、私は当初かなり迷った。センターに入院もしくは通院の経験がある方々とそのご家族が、主治医の実名を見て自分あるいは自分の家族の話ではないかといった不安を抱かれるかもしれず、それは私が最も避けたいことだったからだ。

本書で主治医として登場するのは、研修医の「間宮康一」ただ一人である。小津安二郎ファンなら、『麦秋』で医師を演じた笠智衆の名前が「間宮康一」だったことを想起したかもしれない。ここで種明かしをして読者が鼻白むのを私はおそれるのだが、本書を通読されれば、複数の研修医を一人の人物に集約した「間宮康一」という存在を、やむなく編み出さざるをえなかった事情もご推察いただけるのではなかろうか。》

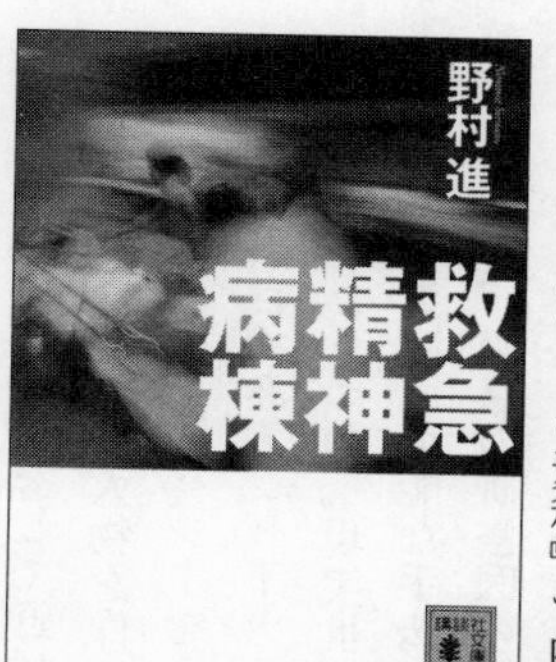

野村進『救急精神病棟』

もちろん『救急精神病棟』は取材せずに想像力で書か

れたものではない。そこで野村はジャーナリズムの枠を守っている。しかし野村は複数の研修医を統合する架空の人物を作り出し、「間宮」の経験として救急精神医療の現場を描き直す。いかに患者のプライバシーを守るためとはいえ、ここまで大胆な手法は事実をありのままに描くことが眼目であるジャーナリズムのストレートニュースではありえない。個々の経験を総合して、もうひとつの〝現実世界〟、つまり物語を描き出すノンフィクションの作品化プロセスにおいてこそ採用可能な手法だろう。

とはいえ、個々の研修医の経験が、取材で聞き取られた言葉を媒介に一人の架空の研修医に統合されることもまた一種の「略奪」である。現実に個々の研修医の経験を、それぞれの経験者の所有から引き剥がしているのだから。しかし、それがノンフィクションの作品において、作者による勝手な虚構化と言われずに許容されるのは、ひとつに統合された経験の総体が救急精神病棟という特別な場所のあり方をリアリティ溢れるかたちで伝えているから。その限りにおいて、その作品が現実社会のあり方の一面を確かに示していると感じられることが必要なのだ。群像新人文学賞を受賞した「美しい顔」は、フィクションとして書かれつつも事実を描くノンフィクションのように読まれて批判されたが、『救急精神病棟』はフィクションにつながる手法を用いつつもノンフィクションとして書かれ、ジャーナリズムの枠内に収まるものとして読まれることで批判を逃れている。

確かに現実経験から考えはじめれば、言葉は個々の経験とセットになっているように感じられる。経験はその経験をした特定の人によって言葉として語られるのだから当然のことだ。だが、そこであえて言葉から考えはじめる。そしてその言葉がどのような経験を宛先にしているのかを確かめる。『3.11慟哭の記録』の言葉は、被災の現実を宛先にしていた。だが、単行本化された『美しい顔』の言葉は、東日本大震災を描いているのだろうとそれを読みたがる世間、つまりその作品をノンフィクションの一変種と理解したがる社会的趨勢にあらためて抗い、現実の東日本大震災から薄い被膜によってかろうじて隔てられた〝世界〟を小説の象徴言語空間のなかに描き出し、そこを宛先にしようとしていた。その〝フィクションとして構築された世界〟に現実の東日本大震災とは別のリアリティを感じられるかどうか――、小説が成功していると認められるか否かはそこにかかっていると言える。

ここで野村進の『救急精神病棟』と北条裕子の『美しい顔』をほぼ同じ形式で議論できたということは、作品全体が示す指示の機能がどの程度のリアリティをもって〝世界〟を描き出しているかを評価するとき、ノンフィクションかフィクションかがそれほど本質的な問題ではなくなっていることを示してもいるのだろう。それらはともに「物語的な文章」である。しかし、そこで描き出される虚構の世界がリアリティを持てばそれはフィクションと呼ばれ、現実世界がリアリティをもって描き出されていると感じられれば、それはノンフィクションと呼ばれる。ノンフィクションを「事実的な文章」で構成されるジャーナリズムの世界から離陸した「物語的な文章」の表現だと考え、同じく物語的なフィクションの小説との違いを議論する場合、事実と経験を一対一に対応させる実証主義的な正しさよりも、より心証的なリアリティの感覚が問われ、そのリアリティが現実を宛先としているか、架空世界のものだと意識されるかの違いが評価の対象となる。言葉が指標的にも象徴的にも使える記号である以上、そう考えると、フィクションかノンフィクションかは、それを社会がどう読もうとするか、作者がどう読ませようとするかの駆け引きのなかで、容易に交換できるものでもある。

たとえば、寓話として書いた『渚から来るもの』が、ベトナム戦争の喩え話だと読まれてしまうことに辟易した開高健は、三度目の正直とばかりに、もう一度、小説を書き下ろそうとする。《それまでにヴェトナムについて書いた自分の文章がいっさいなかったこととして、何もかもイロハから出発する気持で一つの作品を書きおろしの形式でやってみる決心をした》(「頁の背後」一九七三〜七四年。引用は『開高健全集』第二二巻より)。それが小説『輝ける闇』だ。今度は舞台がベトナム戦争であり、米軍に従軍した取材とサイゴンでの生活を書いていることを開高は隠さない。

後に書かれた評伝(たとえば細川布久子『わたしの開高健』)によって、『輝ける闇』のかなりの部分が創作ではなく、現実に基づいていたことがわかる。たとえば作中に登場する魅力的なベトナム人女性〝素蛾〟は『渚から来るもの』から登場しているので創作だろうと思えばそうではなく、サイゴンに実在し、開高と親しく交わった実在の女性だったという(開高の担当編集者だった細川によれば、開高とともにベトナムを取材した『朝日新聞』のカメラマン秋元啓一は、彼女の写真を持っているという)。

もちろん『輝ける闇』は小説なので、開高は実際に彼女が語ったことも、開高自身が語らせたかったことも織り交ぜて書いていたはずだ。そこでは言葉の指示する先にあるものが現実であるか、想像の世界であるか、言い換えれば、それがノンフィクションか、フィクションかを超えて、ベトナム戦争の濃密なリアリティを読者に伝えるために言葉が動員されている。それが三島由紀夫と吉本隆明の批判への、開高の応答だったのだろう。そんな作品が、当時、世界中の誰もが心を痛めていたベトナム戦争の苛酷な現実を生きる現地の人々の言葉を「略奪」したものだと批判されるか、言葉を〝盗む〟罪深さを覚悟しつつも現実の戦争と人間の本質を描き出そうとしたものだと評価されるか、それは作家と社会の間の一種の戦いなのだ。

開高健『輝ける闇』

「美しい顔」をめぐる一連のやり取りを見てゆくと、言葉と経験の関係について再考を迫られずにはいられない。その射程はノンフィクションにも及ぶ。それまでのジャーナリズム的な枠組みでの評価、つまり実在した事実をいかに忠実に指示しているかという実証主義的な尺度ではない評価を持ち込み、個々の事実を直示するのではなく、リアリティの豊かさを経由して〝現実世界〟の手触りを迂回的に再現することをも許容するカテゴリーだ、とノンフィクションを〝広め〟に定義しなおせば、かつての野村進と石井光太の間にも対話が可能だったのかもしれないと今にして思うのだ。

第7章　写真とノンフィクション

藤原新也『東京漂流』『渋谷』
中平卓馬『なぜ、植物図鑑か』

東京最後の野犬

〝有明フェリータ〟が死んだ場所がどうなったか。ふと、それが見たくなって一〇号埋め立て地にクルマを走らせた。

一〇号埋め立て地は、行政区分で言えば東京都江東区有明である。平成生まれであれば有明という地名から〝コロシアム〟やら〝テニスの森公園〟やら〝ビッグサイト〟やらを連想するのだろうが、昭和の後半を知る筆者にとって、東京湾岸の埋め立て地は一〇号とか一三号とかいった無機質な記号で呼ばれるほうがしっくりくる。そこは高度成長期に作られてからも開発がなかなか進まず、船舶と大型トラックを用いた長距離物流の拠点こそいくつかできたものの、暮らす人がいない巨大な無人島という印象が強いからだ。

藤原新也(ふじわらしんや)も呼称については同感だったようだ。

《東京湾の埋立て地のちょうど大井埠頭と夢の島の間に、カッターナイフの刃形に似た方形が突き出ている。長辺がきっちりと一・五キロ、短辺が五〇〇メートル。いかにも人工的な数字だ。住所は東京都江東区有明四丁目だが、一〇号埋立て地その二、といったほうがわかりよい。湾が獣の口とすれば、それに沿って海に突き立つ数々の埋立て地は、さしずめ東京の牙(きば)のように見える。》（「東京漂流」第三回「東京最後の野犬　有明フェリータの死について」『FOCUS』一九八一年十一月十三日号）

新潮社発行の写真週刊誌『FOCUS』（現在は休刊）に連載されていた「東京漂流」シリーズの第三回の一節だ。

藤原新也
東京漂流

藤原新也『東京漂流』

そのとき、藤原は一〇号埋め立て地に数匹の野犬（人に飼われた後に捨てられたり、鎖につながれた生活から逃れたりした〝野良犬〟ではなく、生まれてから一度も人間の手に触れていない）がいるという話を東京都の所轄職員から耳にして興味を持つ。その存在を知った都側は駆除に着手しようとしていた。狂犬病予防法は野犬を捕獲し、殺処分することを求めていた。藤原は殺される前に〝東京最後の野犬〟を撮影してみたいと思った。そして夜になると《一〇号埋立て地 その二》に出かけるようになっていた。

《真夜中になると、その無人の海市は、別の次元のものへと反転する。夜行性の虫と、無数の野ネズミと、そして、あの夜行犬どもの帝国となる。夜の暗闇の中で、そのナイフの刃は、東京より分離独立し、野犬と野ネズミの治外法権を確立する。

私はカラーフィルムを超高感度にして二八ミリレンズの絞りをいっぱいに絞った。それに強力なストロボを取りつけた。こうすれば二、三メートル手前から二〇メートルまでレンズ焦点とストロボ照射圏内に入る。その間に野犬がうまく飛び込めば、形はどうであれともかく写るのだ。暗闇の中では何も見えないから、犬の気配でシャッターを押すしかない。》(同前)

深夜の埋め立て地通いを始めて四日目、草のない荒地を歩いていると前方に何かが動く気配を感じた藤原は、やみくもにシャッターを押した。ストロボの閃光(せんこう)のなかに浮かび上がったのは茶色の子犬だった。そして二時間後、再びチャンスが巡り来る。

《私は、きっと親犬は子犬のもとへ戻ってくるに違いないと思い、犬が通ると思われる道の風下に置いてあるトラックの車輪の下に隠れて待っていた。二時間ほどして、とつぜん真っ黒い犬の影が、街灯の明かりのわずかに届く道に出てきたのだ。私は息を殺して影の近づくのを待った。影はほんの四メートル手前まで来た時、何かの気配を嗅ぎつけた。影が一瞬くびすを返した。私はシャッターを押した。巨大な閃光があたりを浮かび上がらせる。光の中に真っ黒い犬の型が一瞬定着した。真っ黒い犬型(いぬがた)の中に二つの目(まなこ)がストロボの光をはね返して蛇の目のように光った。

一瞬見た犬型は贅肉(ぜいにく)のそぎ落とされた黒人ミドル級ボクサーのように見えた。犬は閃光のまたたきと同時に闇の中に消えた。私は彼と闘いの一ラウンドを終えたような気分になった。私は、有明四丁目とフェリーターミナルの文字を取って、奴に「有明フェリータ！」という名前をつけてやった。》（同前）

『FOCUS』の連載は最初の見開きをいっぱいに使った一枚の写真、次の見開きは片面が写真で片面が文章、文章は次の見開きの片面まで続くという全五ページの構成だった。

連載第三回の「東京最後の野犬　有明フェリータの死について」では最初の見開きに目をぎらりと光らせた犬の写真が掲載されている。一九八一年十月二十五日午前三時前後と撮影時刻の記載がある。そしてページをめくると黒い犬は砂利(じゃり)の上に横たわっている。有明フェリータは藤原が撮影に成功したわずか三日後には、野犬駆除のために置かれた毒入り肉団子を食べて死んでいた。

文章よりも写真の評価が先行

この『FOCUS』の連載は藤原の表現スタイルを生かしている。藤原は写真と文章を組み合わせた独自のスタイルのノンフィクション作品を発表してきた。

雑誌『SWITCH』二〇一六年二月号は藤原の特集号であり、藤原自らが自分の人生を語っている。そこからデビューするまでの軌跡をかいつまんで紹介すると、《一九六九年、学生運動華やかな頃、世の中が騒然としている中で東京芸大の油絵科に在籍していた》が、《六〇年代は前近代の農本社会から今日の情報化社会へと産業構造が劇的に変化する変わり目の時期》で、《その変化を予感し身体性がなくなっていく危機感が自分の中に》あって《四畳半にこもって絵を描いてる場合じゃないって感じが》して《土着と身体性が色濃くうごめいていた》インドへ旅立とうとする。

しかし旅行費用が心もとない。《日本を発つ前にある日銀行に置いてあった「アサヒグラフ」という雑誌をめくったら、最後のページに〝私の海外旅行〟という一ページものの投稿コーナーがあった》。《これだと思って編集部に電話をして「インドに行ってタージマハルの前で写真を撮ります。取材費をくれませんか?」と言ったら、そんなのない、写真を撮ってきたら持ってきなさいと言われた》。癪に障った藤原青年は編集部に乗り込んで直談判に臨んだ。すると編集長が《コダックのエクタクローム・フィルム三十六枚撮りを三十本と現金十万円を出してくれたんです》。

こうして旅費を獲得した藤原は、兄から借りたペンタックスSPでタージマハルの前で写真を撮ったが、それだけではフィルムが余る。《カルカッタで二十本売ったけどまだ九本フィルムがリュックの底に残っていた。／それでそのままではもったいないから記念に撮っておこうと写真を撮りはじめた》。

《日本に帰って撮ったフィルムを編集部に全部渡すと原稿を十枚書いてくれと言われた》。「私の海外旅行」は写真一点に二〇〇字程度の文章がつくだけだったので、一〇枚書かせてそのなかから抜粋したいのだろうと考えていたが、《それがとつぜん巻頭二十ページの特集になってびっくりした》。こうして『アサヒグラフ』一九七〇年三月六日号に「〝インド発見〟100日旅行」が掲載される。以後、一九七〇年代前半は『アサヒグラフ』が藤原の発表の場となり、「インド放浪」「印度行脚」などのフォトルポルタージュを連載した。

一九七八年には台湾、韓国、香港を旅した『逍遥游記』を刊行。紀行文に、紗をかけたように滲んだトーンが特徴的な写真を添えた作品で、第三回木村伊兵衛写真賞を受賞している。一九八一年には『全東洋街道』が第二三回毎日芸術賞を受賞しているが、これも写真と文章の作品だった。こうして作家・藤原新也が社会的に認知されてゆく過程で、写真への評価が先行していたという事実は、あらためて考察に値するように思うのだ。

ジャーナリズムとしての写真

ノンフィクションがジャーナリズムの一種として現実を表現するカテゴリーだと考えるならば、写真ほどそれに適したメディアはない。なにしろレンズの前にあるものを写すのだし、逆にいえばそれしか写らないのだ。その意味で、現実を、主観を差し挟むことなしにそのまま表現することを理想とする客観主義的な報道観に、写真は応える。

もちろん写真であっても、たとえば南アフリカ・ヨハネスブルクの町中をライオンが歩いている写真を、熊本地震で動物園から逃げ出したライオンだと称するなど嘘はつける。しかしそれは写真を説明する言葉が間違っているのであり、写真が撮影されたときにレンズの前にライオンがいたという事実自体に嘘はない。デジタル時代には合成や修整が易くなったが、合成・修整する前の写真はレンズの前の光像を確かに記録していたのであり、合成や修整は事後的に施されている。CG合成はこの論理では語れないが、それはもはや写真とは言えないだろう。たとえばレンズの前の光がカメラ内で発生させたハレーションを、霊が写っていると解釈する心霊写真の類でも、ハレーションを起こさせた光が実在したことは確かだ。

こうして考えると、写真は何がどのように写っているのかを〝意味論〟としてではなく、そこに在ったものを示す、〝存在論〟としてのジャーナリズムのメディアだと言える。そこに写っているものが何と呼ばれるものであり、何ゆえにそこに在ったのかまでは写真単体では示せず、言葉の助けが必要となるが、写っていたものがそこに在った事実であれば、写真はそれ自体で証し立てることができるのだ。

こうした存在証明のメディアとしての写真の力を借りることで映像報道は成立してきた。藤原はその歴史の延長上に確かに立っている。

そんな藤原の写真への評価を写真史に位置づけるなら、『プロヴォーク』の次の時代を画すると期待されたのではなかったか。『プロヴォーク』とは写真家の中平卓馬と高梨豊、美術評論家の多木浩二、詩人の岡田隆彦によって、一九六八年に創刊された写真同人誌だ。「思想のための挑発的資料」というサブタイトルが示すように、政治や革命を取り巻く状況が激しく動いた一九六〇年代末の思想を色濃く反映した内容であった。

写真的には第二号から参加した写真家・森山大道の印象が強い。写真とは何かを写すものという写実主義的な発想を否定し、手ブレやピンぼけを排除せず、現像や引き伸ばしの工程で画像を荒れさせ、写真そのものの物質感を強烈に示す手法を森山は採用。中平もそれに追随し、「アレ・ブレ・ボケ」写真は同時代に大きな影響を与えた。

そんな『プロヴォーク』が一世を風靡した後に藤原は登場する。アサヒグラフ編集部が藤原に提供したエクタクロームはカラーリバーサルフィルムであり、『プロヴォーク』の写真家たちが愛用したモノクロフィルムと違って自分で現像処理することは難しい。結果として『プロヴォーク』よりも藤原の写真は被写体がよく「写って」いる。そんな写真だからこそグラフジャーナリズムで発表の場を得られた。ファインアートとしての写真芸術という見方を脱構築し、新しい反芸術写真の領域に先鋭化していった『プロヴォーク』の写真に対して、藤原の写真は、写真を事実の記録と伝達のために用いるフォトジャーナリズムの世界に回帰させるものだった。

ただその写真が保守的、古典的だというわけではない。それは、やはり『プロヴォーク』後のものだった。カメラ操作に慣れていない初期の写真は被写体を比較的素直に、つまり写実的に写しているが、やがて絵画芸術を学んでいた素養が生かされるようになる。露出を意識的に不足させたり、過剰にしてみせたり、ピントをずらしたり、大型カメラを用いて画面の隅々に過剰なまでの精細度を獲得してかえって現実感を喪失させたり、藤原もまた素朴な写実主義を超えた写真表現の可能性を追い求めるようになる。一九七〇年代の彼の作品を見ているとヴァリエーションの豊富さに感心させられる。こうして独自の作風を確立した藤原が『プロヴォーク』後の写真作家として評価されたことが、数々の受賞歴につながっているのだと思われる。

写真が持つ力とは

一九八〇年代の「東京漂流」シリーズの写真は、藤原新也がひとつの頂点に登りつめた時期のものだった。たとえば生きていたときの〝有明フェリータ〟の迫力はすさまじい。雑誌の見開きいっぱいに引き伸ばされた写真の画面の半分を黒い影が覆う。闇夜を支配する王の迫力がある。

ただ、その写真は単なる写実主義の産物ではない。先に引用した文章で、藤原は二八ミリの広角レンズを装着したカメラに大光量のストロボを装備、ピントの合う範囲、ストロボの照射範囲を二～三メートルから二〇メートルあたりまで確保し、犬の登場を待ったと書いている。犬の影は《四メートル手前まで》来て《何かの気配を嗅ぎつけ》《一瞬くびすを返した》。その瞬間に藤原はシャッターを切った。

雑誌に使われたその写真は言ってみれば『プロヴォーク』風である。画像は荒れているし、犬の身体自体はほとんど黒く潰れて写っており、ストロボの光を反射させる目の輝きが圧倒的だ。森山大道が撮りそうな写真だとも言える。

ただ、画像が荒れているのは、ピントの合う範囲を広げるために絞り込んでいるので露出不足を避けるためにカラーフィルムの感度を高めて使用していたこと、そしてフィルム上では小さく写っていた犬の姿をトリミングして用いたからではなかったか。藤原が書くように二八ミリレンズで少なくとも四メートル離れた犬を写したのだとすれば、犬はここまで大きく写らないはずだ。現像焼付工程でアレを演出した『プロヴォーク』とは異なり、写真としての迫力を優先させた結果の画像のアレではなかったかと推測する。

そんな写真に次ページの有明フェリータの死骸の写真を組み合わせることで、『プロヴォーク』風写真が藤原らしい写真に化学変化する。こちらの写真にはアレもブレもボケもない。大型カメラまで持ち出してはいなかったのだろうが、細部まできちんと写っている写真らしい写真だ。その毛は艶やかで犬が健康であることを示している。《黒人ミドル級ボクサー》に喩えた比喩は的確で、体は引き締まり、それでいて首と脚が驚くほど太い。

写真は〝意味論〟ではなく〝存在論〟のジャーナリズム・メディアだと先に書いた。それはフランスの記号学者ロラン・バルトが晩年にたどり着いた写真論を踏まえている。バルトは写真に二つの側面をみた。ひとつは〝ストゥディウム〟であり、言ってみれば写真の意味である。そこに写っているものは何か、その写真は何を示しているのか、言葉で説明したり、解釈したりすることができる。つまりそこに意味の文脈をもった「物語」が成立する。たとえばロバート・キャパが撮影した、銃を抱え込んだまま倒れ込む男性の写真は、スペイン内戦中に人民戦線政府側の兵士がフランコ率いるファシズム勢力と戦っている最中に銃弾に撃たれ絶命した瞬間を写し止めたものだ、というように。ストゥディウムは写真記号の物語的側面だとも言える。

だが、バルトは写真が持つ本当の力、写真にしかない力はストゥディウムとは別の次元にあると考えた。写真は言葉を超えて「それが、かつて、あった」ことを示す。そして「それが、かつて、あった」という存在の事実が、棘のように直接、私たちの心を刺し貫く。

たとえばバルトは死んだ母親の若い頃の写真を見る。そのとき、バルトの心に突き刺さるのは母が何をしているのか、どんな女性だったのかという説明＝ストゥディウムを超えて、母が「かつて、いた」という事実なのだ。そんな刺す力をバルトは〝プンクトゥム〟と呼んだ。こうしてバルトは意味論から存在論へ、写真論の転回を用意した。

有明フェリータの写真もバルトの亡き母の写真と同じだ。艶のある毛並みや太い脚は、「こんな野犬が存在していた」という事実自体として私たちの心を刺す。まさにプンクトゥムだ。「東京漂流」連載中にその写真を見て、心を強く刺し貫かれた経験があったからこそ、筆者はその約四〇年後に写真が撮影された場所を訪ねてみたいとまで思ったのだ。フェリー埠頭の殺風景さは一九八〇年代から変わらない。二〇二〇年五輪――新型コロナウイルス感染症のために開催が延期された――のために再開発が急がれているのは同じ有明でも「一〇号埋め立て地その一」であり、「その二」のほうは五輪とは無関係で、生活者は今も皆無だろう。しかし時が経って、文明が行き渡らずに残っていた余白の存在はここでも確実に少なくなっていた。そこを物流の拠点とする会社は増え、未利用のままだった空き地はなくなっている。

藤原は書いている。

《私はこのかつての野犬フェリータの夜の街をすみずみまで知っていた。この東京湾に浮かぶ夜の帝国について、私はあの、一匹の黒い野犬によって一部始終を教えられていた。犬は、無人の街の教師だった。

埋立ての土にへばりつくように生えたブタ草や泡立草の、あのたくましい雑草の生い茂った草むらを蛇のように這い縫うしたたかな無数の獣道を細部まで、私はあの犬によって教えられていた。》（「東京漂流」第三回「東京最後の野犬　有明フェリータの死について」）

死んだフェリータが砂利の上に横たわる写真にも雑草の草むらが写っているが、今の一〇号埋め立て地は獣道ができるほどの深い草むら自体が存在していない。ちなみに東京ではもはや野犬が捕獲されることはない（二〇一九年発表の東京都動物愛護相談センター調査報告による）。藤原の写真はまさに「かつて、それが、あった」ことを示す存在証明であり、逆に言えば現在は「それが、なくなった」不在証明になっている。フェリータの骸の写真の、まだ体温を感じさせるような生々しさが、生命の喪失を印象づける。

「東京漂流」打ち切り事件

こうしてまさに脂（あぶら）の乗り切った感があった「東京漂流」の『FOCUS』誌上での連載は、第六回までで突然終わった。なぜそんな顚末（てんまつ）になったのかは今や出版史上の〝常識〟となっている。最初にそれを記したのは藤原自身だ。藤原は連載終了翌年の一九八三年に単行本『東京漂流』を情報センター出版局から刊行した際に、連載の内容を収録するだけでなく、依頼を受けてから休止に至るまでの経緯を含めて構成しなおしているからだ。

藤原はこう書いている。

《一見、自由な世の中であるように見せかけながら、その裏面でいくつかの「禁忌（タブー）」は以前にも増して堅牢なものになりつつある、といえる。いまや、この社会の中では性表現も事実上解放されているに等しい。また、政治や大新聞や宗教団体に対する批判も、あたかもそれが別の禁忌を重く背負わされたマスコミの、自らのカタルシスであるかのごとく、日々たれ流すこともできる。しかし、その一方で差別問題、天皇問題、コマーシャリズム批判等、世間の禁忌条項はより肥大化し硬化し始めている。

私の「東京漂流」連載中止は、私の書いたもの、映像化したものが、その「コマーシャリズム批判の禁忌」に抵触したことによる。》（単行本『東京漂流』）

藤原が連載第六回「幻街道・シルクロード」で用いた写真は、インドの路上の光景を写したものだ。画面には二匹の犬が登場する。黒い、有明フェリータに似ている犬が人の死骸の足を嚙んで持ち上げている。もう一匹、フェリータの子供と同じ茶色の犬が近くでそれを見ている。犬が人を嚙んでもニュースにならないが、人が犬を嚙めばニュースになる。そんな比喩がしばしばジャーナリズム論では使われるが、ここでは犬が人を嚙んでいる。それではニュースにならないはずなのだが、嚙まれているほうは人間といってもすでに息絶えているし、犬はその肉を嚙んで食おうとしているのだという説明を聞くと、尋常ならざる光景を写した写真だったのだと気づく。

藤原によれば、その当時に連載していた「印度行脚」の最終回に見開きでその写真を使おうとしたが、編集長判断でボツにされた。その写真を藤原は再び使おうとする。

当時、サントリーは主力商品だったウイスキーの「オールド」（一九八一年には約一〇〇〇万ケース、一億三〇〇〇万本以上を売り、アメリカで最大の売上を誇ったJ&Bの二七五〇万本の四・七倍を記録していた）の広告として、シルクロードをテーマにしたキャンペーンを展開していた。NHKが特別番組を作るなど、かつて東西文明をつないだ絹の道＝シルクロードの歴史探訪がちょっとしたブームになっており、サントリーオールドの広告も雄大な中央アジアのイメージを連続して取り上げるシリーズ広告だった。

そんな広告のパロディを藤原は作ろうとした。単行本の『東京漂流』には『FOCUS』に載るはずだったオリジナル原稿が収録されている。それはサントリーオールドの広告と同じレイアウトが採用されており、メインのコピーの位置には「ヒト食えば、鐘が鳴るなり法隆寺。」の藤原謹製の句が書かれており、問題の屍体写真の左肩には「犬が見せた、真の世界。」の言葉を添えて、わざわざ「カントリーオールド」のラベルを合成して作って貼った、サントリーオールドのボトルの写真が載せられている。

単行本の『東京漂流』は、連載が始まる前の編集部とのやり取りにも触れており、新創刊する写真週刊誌への協力を求めて藤原の元を訪ねた編集長との対話はこのように書かれている。

《「もし、何か、今の世の中でちょっと気のきいたことをやろうと思えば、コマーシャリズムの問題や、その他の世の中の禁忌に抵触しかねない状態が起こりうる場合がありますね。そういった場合はいかがなんでしょう。今度の雑誌では、そういうことをどうお考えでしょう？」

編集長は即座に言った。

「藤原さん、その点はすこしもお気になさることはないですよ。そのようなことは、うちはあまり気にしないたちですから」》（同前）

実際、編集部はあまり気にしなかったようだ。コマーシャリズムを取り上げることは連載前に藤原が提出した六十数項目の企画のなかに含まれており、シルクロードの広告を誌面化するアイディアはむしろ編集部の側から出たと藤原は書いている。

しかし実際に第六回の入稿後、藤原は編集部から修正の要求を受ける。部分的には応じたが大幅な改稿は断っていたら、原稿が印刷に回るその日になって編集部から「すぐに会いたい」という連絡を受けたという。

車を飛ばしてやってきた担当編集者は、つとめて平静を装うようにしながら「東京漂流」連載第六回の刷り出し原稿数枚の紙面を床に並べはじめたのだという。

《「なるほど」

私は自分自身をとり乱さないように低くはっきりとした口調で言った。そして、刷り出しの一枚一枚に目を通し始めた。

原稿は、私の予想以上にズタズタに改竄されていた。》

《「もう、これは再び手直しする余地はないんですね？」

「無理です」とT氏（担当編集者——引用者註）は溜息をつくように言った。》（同前）

藤原は実際に掲載された〝改竄〟原稿をそのまま単行本版『東京漂流』に収録しているが、一枚目の見開きは大きく修正が加えられ、「カントリーオールド」の写真がなくなり、人を食う犬の写真の周囲を余白が大きく囲っている。

本文の文章にも手が加えられている。《コマーシャリズム》と単独で登場していた箇所が《コマーシャリズム化したマスコミ媒体》に変わっている。《シルクロードといえば、今年ニッポンではなぜか知らぬが忽然と大NHK、大サントリーを筆頭に「偽シルクロード事件」なる行ないがほうぼうでもてはやされたのである》と書かれた箇所から「サントリー」の名が削除されている等々に加えて、文章の最後が大きく違っている。

《私はかつて、いろいろな機会にシルクロードを歩いた。そこでヒト食らう犬にも出会った。私には私のシルクロードが事実としてある。風化すればそれもひとつの夢となるのであろうが、シルクロードは夢になってはくれなかった。よかろう、と私は独りごちたのである。

「何が、よかろうかね」とシルクロードが尋ねた。

「何が？　といわれても困るんだがね」

と私が答えた。

「要するに、私はおまえが気に入っているようだ。今、〝素晴らしい新世界〟を見せてやろうと思って、おまえをニッポンの箱庭に放してやったところなのさ」》（同前）

この段落全体がオリジナル原稿には存在していない。

こうした変更が、著者の藤原自身の了承を得ずに、入稿作業に関わる誰かによってなされたのだとしたら――単行本の記述はそう読める――藤原が激怒し、連載が中止されたのも当然だと思われる。

この〝「東京漂流」連載中止事件〟は藤原にとって一種の〝勲章〟となった。一九六〇年代の政治の時代は遠くなり、一九八〇年代には高度消費社会化が進む。女性誌を中心に大判のビジュアル雑誌が数多く創刊され、記事よりも広告が存在感を持ちはじめた。裏方だった広告ディレクターやコピーライターが時代の寵児としてもてはやされるようになった。こうしてコマーシャリズムが蔓延（まんえん）しつつあったマスメディア社会のなかで、単身で戦う硬骨の作家――、そんなイメージが藤原には付与された。単行本『東京漂流』は発売後二〇日余りで増刷されるほど人気を呼んだ。三省堂書店はその人気に便乗して「東京漂流バスツアー」を企画、参加者を募り、藤原をガイド役に立てて書籍に出てくる場所を回った。

だが、その後の展開は意外な軌跡をたどる。

連載を打ち切った版元でなぜか文庫化

情報センター出版局から刊行された単行本は、一九九〇年には『FOCUS』の版元である新潮社で文庫化された。藤原が後に書いたエッセーを加えていることから「新版」と銘打たれ（一九九五年には朝日新聞社からも文庫化されているが、こちらは新規追加箇所がなく、ひと世代前の情報センター出版局版を底本とする。ただし編集担当者が「T氏」とイニシャルになっていた箇所が実名になるなど細かい差はある）、巻末に「『東京漂流』ザ・デイ・アフター」と題した語り下ろしがついているが、連載中止の経緯を書いた箇所に関しては特に注目すべき内容の変化はない。

なぜ約一〇年経って過去の悶着（もんちゃく）が不問に付されたのか。どうにも腑（ふ）に落ちない思いを持っていたが、先にも引用した雑誌『SWITCH』（二〇一六年二月号）に掲載されていた藤原自身の自作解説がその謎を解いてくれたように感じた。

《NHKの番組がきっかけで当時シルクロードブームがあった。コマーシャルでも数多く取り上げられていた。サントリーのシルクロード・シリーズの雑誌広告が「フォーカス」のセンターページに見開きで展開されていた。それで僕はこの広告のパロディ版を作ろうと思った。それも日本論だったから。》

単行本『東京漂流』では作品をめぐって何が起きたかについては書いている。だが、その記述は、〝藤原＝コマーシャリズムと戦う人〟というイメージを膨らませる、いわば空隙を残した書き方だった。特に、なぜ連載中止事件が起きたかの原因や理由については、版を重ねても一貫して明示的な説明は避けられていた。ところが、約四〇年経って藤原はそれを自分で言葉にする。

《広告部から僕の作ったデザインにものすごい突き上げがあったらしい。最終的に編集部の結論としてカントリーオールドを削除した白紙のゲラを持ってきた。》（同前）

伝記小説の名手だった小島直記は「自伝信ずべからず、他伝信ずべからず」が口癖だったようだが、この藤原の自作解説を信じる状況証拠を挙げるとすれば、『FOCUS』掲載版で差し替えられ、大きく変更された文末の箇所が、オリジナル原稿ではサントリーの広告制作者たちを揶揄する内容だったことだろう。サントリーの広告はしばしば『FOCUS』に掲載されている。雑誌の発行を助けている大型スポンサーの広告作りを茶化す姿勢に腹を立てたのは、スポンサーや広告代理店と接してその広告を受け入れていた新潮社の広告部であった。

そもそも藤原にしてみれば、インドで撮影された写真を使った時点で主張は尽くされたという思いがあったのかもしれない。《私はS社のキャンペーン広告をたたき台として、コマーシャリズムによって発せられるメッセージが、永遠に排除を続けていくであろうさまざまな要素の中の一つの典型である「死の意味」を、それに投げかけた》と藤原は単行本『東京漂流』のなかで書いている。使用された写真は人が犬に食われる事実の存在証明であり、そんなことが今の日本では想像すらできなくなっている不在証明ともなって、見る人の心を突き刺す。その〝投げかけ〟の実現こそが藤原の望むことであったとすれば、人が犬に食われる写真が使われた後に、そこにどのような言葉を添え、どのような物語のパッケージとして記事化するかは二次的なものとなる。

パロディの形式がそうした構図のなかで選ばれた。藤原はそれが遊びとして許容範囲に入ると思えた。実は一九七〇年代の藤原は、石岡瑛子（いしおかえいこ）が制作するパルコの広告に写真家として起用されており、インドとモロッコを舞台にした写真を撮影している。つまり藤原自身もコマーシャリズムの渦中にいた。差し替えられたオリジナル原稿で書いていた話だが、サントリーの広告を制作する面々には知り合いも多くいた。それゆえにパロディも楽屋落ち的に笑ってもらえると考える甘さがあったのではないか（そのことは単行本『東京漂流』のなかでもほのめかされている）。パロディを添えることで、犬が人を食う写真の衝撃をむしろ和らげてくれるという期待もあったかもしれない。しかし結果として期待は裏切られ、偽作広告はそのアイディア自体が否定され、広告業界話を書いていた箇所も削除された。

そんな経緯を読んでいて、筆者は真剣勝負を真剣に演じるプロレスじみた印象を感じた。真剣に戦っているように見えながら、結局すべては興行＝商業出版の文脈のなかに回収されてしまうのだ。しかし、冷静になって経緯を見てみればそれも当然だったのかもしれない。確かに連載第六回に関しては、互いに許容できると考える範囲を超えた反則の応酬があり、遺恨も残った（プロレスでもそういうことはしばしばありそうだ）。だが（新潮社の広告部は広告主や広告代理店の意向を汲んでいたかもしれないが）、それは所詮、広告セクションと制作編集セクションというともに雑誌を作る社内セクション間のバトルである。外部者が事前検閲して表現を規制したというような大げさな問題ではなく、制作過程でその内容を知りうる立場の者同士が意見を戦わせたのであり、時間が経てば怒りも鎮まり、話もついて文庫化に合意する握手に至ったということではなかったか。

もうひとつの「東京漂流」

ただ、そこに問題があったとすれば、本物のプロレスもそうだが、戯れのなかに真実があり、真実のなかに戯れが含まれる虚実皮膜のあり方を、世間は時に誤解する、ということだったよ

う に思う。一九七〇年代にデビューした藤原は、六〇年代までの政治の季節の終焉とともに退場していった〝戦う人〟に代わって、戦闘的な表現者としての役割を一身に担うようになる。イデオロギーに拠って戦うのではなく、インドで得た死生観を踏まえて、死を隠蔽する高度消費社会を糾弾する孤高の作家としてのポジションを藤原は得てゆく。それは藤原の表現スタイルに少なからぬ変化をもたらしたように思う。

たとえば「東京漂流」の連載は初回からして「偽作深川通り魔殺人事件」であり、一九八一年六月十七日、東京・深川で女性・幼児六人が通り魔に殺傷された事件を扱っている。死が生の一部としてあることを思い知ったインド旅行の経験から、死を隠蔽しつつ生の表層を上滑りするような高度情報化時代を迎えた東京に強い違和感を覚えていたが、その思いを伝える方法としては写真の〝プンクトゥム〟に期待し、文章のほうはアイロニーや論点の迂回を駆使するスタイルが採用されていた。マスメディアによって凶悪犯人のイメージを付与されていた通り魔殺人容疑者・川俣軍司の、どこにでもいそうな中年男の素顔を撮影し、掲載することで、彼の存在そのものと世間を向き合わせようとしているが、移送車両のなかの川俣が一瞬、素の表情を見せた写真に添えられる文章のほうは、川俣もどきやら何やらの有象無象が出てくる戯作記事風である。人の心に突き刺さる写真の直示的な力に多くを委ねて、文章では、できもしない本質を語ることはしないというのが藤原のスタイルだった。

しかし〝東京漂流事件〟以後、〝戦う人〟のイメージを裏切らないようにするためか、文章そのものでも虚実皮膜を行き来して遊ぶ姿勢が弱まり、浮ついた世間を叱りつけるような硬い姿勢が目立つようになる。

その違いは、時を隔てて書かれた〝二つの東京漂流〟を比べてみれば明らかだ。永江朗（ながえあきら）のインタビューに、藤原はこう答えている。

《「あちこちの都市を見ているけど、東京というのは非常にヘンな都市ですよ。そのおもしろさをもういちど撮りたい」》（「メディア異人列伝」『噂の眞相』一九九六年十一月号）

藤原新也『渋谷』

その言葉が実を結んだのが、このインタビューからさらに一〇年後に書かれる『渋谷』（二〇〇六年）だった。そこにはユリカ、エミと名乗るともに十代の少女と、かつて援助交際をしていた二十代のサヤカが登場する。渋谷の町中を闊歩（かっぽ）し、心配して後を追って来た母親を罵倒（ばとう）するユリカ。興味をもった藤原は彼女がファッションマッサージ店で働いていることを突き止め、客を装って話を聴く。藤原を驚かせたのは、ユリカが風俗店では異常に肌を黒く見せて周囲を威圧する、当時流行していたいわゆる〝ガングロ〟メイクを落として素顔になっていたことだ。《親の前で厚化粧し、風俗で素顔になるっていったいどういうことなんだ？　それは逆じゃないか》。藤原の疑問にユリカが答える。《学校にも行かなくなり渋谷に来たの。すごくホッとした。いまのこのままの自分でいいんだと思うと涙が出たの》。ユリカの両親は離婚している。離婚後、母親は彼女に過度の期待をかけるようになった。ああしなさい、こうしなさいと小さなことまで指図する母親は自分を全く愛していないと考えたユリカは荒れはじめる。そんな彼女にとって渋谷は母の呪縛から逃れて解放された気持ちになれる街だった。だから渋谷に来るとガングロの鎧（よろい）を脱ぐ。

『渋谷』では母親が時代の病を体現した存在と位置づけられ、母親に苛（さいな）まれる少女たちが実の母によって存在を否定された被害者として描かれる。時代性と戦う構図は一九八〇年代初頭の「東京漂流」と同じだ。しかし糾弾調の文章は、かつてはなかったものだろう。そして文章に挿入された写真も変わっている。渋谷で夜通し過ごして朝を迎える少女たちが見ている景色を描いたつもりか、写真はどれも暗く、青褪（あおざ）めている。

その写真は文章の内容を視覚的に表現している〝ストゥディウム〟ではあるが、見る人の心を貫く〝プンクトゥム〟が感じられない。厳しい言い方をすれば、渋谷で撮影せずとも撮れるだろうと思える写真であり、「そこに、かつて、あった」存在証明にも、「それは、もはや、ない」不在の証明にもなっていない。

「ストゥディウム（物語性）」に支配されて「プンクトゥム（事実性）」を失ってゆく。藤原の写真と文章の作品はそんな軌跡をたどったように感じる。たとえば一九八三年に刊行された写真集『メメント・モリ』は当初は「東京漂流」を意識したつくりで、《墓につばをかけるのか、／……それとも花を盛るのか。／『東京漂流』が「つば」であるなら、本書『メメント・モリ』は「花」である》とあとがき（「汚されたらコーラン」）に記されていたが、二〇〇八年に〝21世紀エディション〟と称して再発売されたときには写真と文章が増補されるとともに『東京漂流』への言及がなくなっている。「メメント・モリ＝死を思え」は藤原が一貫して主張してきたメッセージだが、「東京漂流」では戯作的な〝つばをかける〟文章が別に存在し、写真のほうは、観る者の心に直接的に突き刺さる写真そのものの力を通じて言葉を超えた死の事実を感じさせるという、文章と写真の一種の〝分業〟が成立していたのに対して、二〇〇八年版で「東京漂流」と袂を分かって写真つきの詩文集として自立した『メメント・モリ』では、個々の写真に添えられた言葉が写真の意味を定める、〝初めに言葉ありき〟の印象が強まっている。

意味論から抜け出せるか

藤原は『プロヴォーク』同人の一人だった中平卓馬と同じ道を、逆方向から進んですれ違ったのかもしれない。中平は東京外国語大学でスペイン語を専攻、他にもいくつかの外国語を操る言葉の達人で、芸大の油絵専攻でビジュアル表現からスタートした藤原とは対照的である。

中平が総合誌『現代の眼』の編集者となったのも〝言葉の人〟の王道を行っている。しかしそこで写真家・東松照明の担当になったことから写真表現に開眼。「アレ、ブレ、ボケ」と称される独特の作風で森山大道とともに当時の写真界を牽引したことはすでに記した。

藤原に少し先行する世代であり、一九六八年五月の世界的な革命運動と共振して表現活動を展開していた中平は、藤原がアジア写真でデビューした七〇年代に入った頃から長いスランプに陥る。写真が撮れなくなったことを補うかのように、その時期の中平は多くの評論を書いているが、そのひとつ「なぜ、植物図鑑か」(一九七三年に刊行された同名の単行本に書き下ろしの評論として収録されている)に当時の状況と彼の心境が綴られている。

そこで中平は雑誌『美術手帖』一九七二年八〜九月合併号に投書された彼への批判に応えることから筆を起こす。その投書主は《かつて、あなたの捉えた海辺の光景には、詩が感じられた。ぼくの心の奥をかすめてゆく波頭の感触があった》と書く。しかし今の中平はそうした写真を撮らない。そのことを残念に感じている、という投書に対して中平は、まさに「詩」が問題なのだと答える。《たしかに私の写真から投書者が〈詩〉と呼ぶべきなにものかが喪われていったことを私は認める》。しかし、それを自分は憂うべきこととは思わない。むしろ逆に写真の本質を突き詰めたとき、それは当然到達すべき場所だったと考えるのだ、と。

《投書者が〈詩〉と呼ぶもの、それは、私が世界はかくかくである、世界はこうあらねばならないと予め思い込み、そうきめこんでいる像のことなのではないだろうか。この、私によってア・プリオリに捕獲された〈イメージ〉は具体的には私による世界の潤色、情緒化となってあらわれるものではないのだろうか。つまり世界を、私がもつ漠然たる像の反映、〈私の欲望、私の確信の影〉と化し、世界そのものをあるがままあらしめることを拒否する私の一方的な思い上りであったのではなかろうかということなのである。そうだとするならば、それが私という此岸とそれ自体として充足する世界とをあいまいに溶解してしまう、そのあいまいなる領域にこそ〈詩〉が生まれ、情緒化による私の世界の私物化が生まれてくるに違いないのだ。》（『なぜ、植物図鑑か』）

しかし、本当の世界は私的に所有できるものではない。写真に「詩」を写し込む、あるいは写真から「詩」を読み取ることは、世界を自らの「詩」の間尺に縮減させ、手っ取り早くそれを所有しようと目論むことだが、実は所有が可能だと考えた時点で世界の真相は失われている。「詩」を感じさせる写真は、実は世界を隠蔽しているのだ。

中平卓馬『なぜ、植物図鑑か』

こうして写真のあり方それ自体に疑問を感じていた中平は、「詩」が失われたことを悲しむ投書を受けて、むしろ勇気づけられたかのように「詩」のない写真、世界をそのまま直示する記録としての写真、対象を明快かつ直接的に示す図鑑のような写真の理想を語る。中平もまた写真の意味論から逃れようとしていた。

しかし理想の模索は成果が出ず悶々とする中平は、「詩」の余韻があると感じた過去の自分のネガやプリントを焼却してすらいる。「アレ、ブレ、ボケ」を通じて意味——人間を疎外する資本主義の暴力、豊かさのなかで荒廃し、解体されてゆく社会などなど——を暗に込めようとしていた自分の写真術をそこまで否定したかったのだ。

転機は意外なかたちで訪れる。一九七七年、逗子の自宅で催していた友人の送別パーティで泥酔した中平は、昏倒して救急搬送される。幸いにして一命は取り留めたが、急性アルコール中毒によって言語能力と記憶に重い障害が残った。ところが——、この事故から回復した中平はスランプから脱したかのように撮影に没頭するようになる。それは病を得た結果、写真に意味づけをする写真家・中平がもはや存在しなくなったからだった。

朝、起きてカメラを携え、自転車を漕いで撮影に出かける中平の身体は、カメラを世界の前に運ぶために存在している。世界と向き合ったカメラのシャッターを中平は押す。レンズの前に存在していた現実の一部分が切り出されてはフィルムに定着される。その写真はかつて彼が理想とした植物図鑑的なもの、つまり一切の意味論的解釈、つまり物語化を拒む純粋な事実の記録となった。こうして中平は〝言葉の人〟から〝写真の人〟へと転生した。

かつて「なぜ、植物図鑑か」に記されていた《みずからの写真をふり返ってみて、なぜ私はほとんど「夜」あるいは「薄暮」「薄明」をしか撮らなかったのか》という中平の自問は、『渋谷』の藤原の写真にまで射程を伸ばしている。青白い薄明の写真で渋谷を象徴できると考えることは、渋谷に棲息する少女たちの見ている世界はこうだろうとあらかじめ思い込み、決めつけるものではなかったか。そこに中平の言葉を借りれば「世界の潤色、情緒化」、ロラン・バルトの用法で言えば写真のストゥディウム化が及んでいたとは言えないか。

もしも少女たちの今を写した写真のなかにプンクトゥムを求めるとしたら——。藤原はヒントを残してくれている。『渋谷』のあとがきのなかで、自分がモデルとして撮影してきた少女MとKが、プリクラで撮影した写真をまとめた写真帳を作って携行していたことに触れている。

《MやK、そしてその他の幾人もの少女が数百枚にも及ぶプリクラ写真帳（自分写真帳）をカバンにしのばせ、それを教科書以上に大事に持ち歩いているのを私は知っていたが、彼女たちがプリクラブックをご神体のように持ち歩くのは、自分の不在に対し、自らの手によってそのつど承認を与えようとする補完行為であるとも考えられる。》（「あとがきにかえて　母と少女に関する覚え書き」）

背景を写さないプリクラ写真はそのとき、カメラの前に少女たちが確かにいたのだと証し立てる以外の機能を持たない。そこには彼女たちの存在を侵食する、外部から決めつけられた物語＝ストゥディウムの気配が及んでいない。そんなプリクラ写真こそ、中平の言う植物図鑑の写真にも通じるものではないか。植物図鑑の写真が植物の存在を承認する以外の意図を持たないように、プリクラ写真もまたさまざまな世間の解釈の言葉を超えて、少女たちの存在を承認するのだ。

イメージを描く写真と同様、物語を描くことに腐心するノンフィクションは、世界を描こうとして結局は書き手の自意識を描くことになりかねない。そうではなく、世界を描くことにあくまでもこだわるのだとしたら、それは解釈を前提とせずに直接、世界に向かい合った経験から書かれるべきではないか。かつて東洋を放浪しながら創作表現を行っていた時期の藤原はそれを実践していた。だからこそ彼の写真と文章はとてつもなく深い闇に直接肌が触れるような魅力を放っていた。

その魅力に深く感動した経験があるからこそ、〝反抗者の神話〟を身にまとうようになった後の藤原に、筆者は〝神話〟によって縛られる不自由さを感じてしまう。何万枚ものプリクラがその多様な存在を証明したポストモダン時代の都市生活者それぞれの「それ（ら）が、かつて、あった」事実、その胸を刺し貫くような感覚を踏まえて語られる都市のノンフィクションを、いつか藤原が書いてくれることに期待したい。

第8章　科学ノンフィクションは科学報道を超えてゆく

須田桃子『捏造の科学者』『合成生物学の衝撃』
立花隆・利根川進『精神と物質』

多用される「フェイクニュース」という言葉

オックスフォード大学出版局が「今年の言葉」に、真実のような貌をした非真実を意味する「ポスト真実」(post-truth)を選んだのは二〇一六年のことだった。もちろんEU離脱をめぐる英国の国民投票と米国大統領選が意識されていたことは論を俟たない。

英国の国民投票や米国の大統領選では事実無根の〝ポスト真実〟がさも真実であるかのように報じられ、投票行動に実際に影響を及ぼした。このままでは誤った方向に歴史の舵が切られてしまう――。そんな危機感を背景として、ポスト真実の情報を広めてしまう誤報や捏造報道を総称し、マスメディア業界を震源地とする社会的な問題を示す言葉として「フェイクニュース」の語も使われ、こちらも危惧の念の深さと広がりに応じて多用されるようになった。

日本ではこの年にEU離脱や大統領選に匹敵するような出来事がなかったので、時を少し遡ってフェイクの語が適用された。聴覚障害をもった天才作曲家と称讃されていたのに、実際にはゴーストライターに作曲させていた、本当に耳が聞こえないのかどうかも怪しいと言われた佐村河内守を主人公に撮影されたドキュメンタリー映画を、映画監督・森達也は『FAKE』と題した。そして同じようにフェイクの言葉を用いてしばしば言及されていたのが、理化学研究所（理研）発生・再生科学総合研究センター（CDB）の元研究ユニットリーダー小保方晴子だった。

酸につけるだけでどんな組織にも分化しうる万能細胞を作り出す方法を発見し、英国の著名な科学誌『ネイチャー』にその研究報告論文が掲載されて大いに脚光を浴びた小保方だったが、発表のわずか四日後には海外の匿名査読サイトPubPeerで論文内の「電気泳動実験の画像」に切り貼りの痕跡があると指摘される。以後、細胞分裂の実験データがおかしいことや、マウス体内に移植されたSTAP細胞が万能性の証しとしてさまざまな種類の細胞を創り出した結果である〝奇形腫＝テラトーマ〟の形成状態が不自然なことなど、次々に疑惑の声が上がる。やがて疑惑の対象だったテラトーマの映像は小保方の博士論文に載っていた写真と同じことが突き止められ、一度は〝世紀の大発見〟ともてはやされたSTAP細胞の存在までもが疑われるようになる。

さすがに理研もこの事態を静観できなくなり、調査委員会（第一次）を設置、テラトーマの写真と電気泳動実験の画像に「不正」を認めて、小保方ら著者に論文の撤回を勧告するに至る。

ここでは、そんな科学界の一大スキャンダル事件を追ったノンフィクション作品である須田桃子『捏造の科学者』を取り上げたい。そこで議論を進める上でひとつの補助線として用いたいのが、フェイクニュースの問題なのだ。

清水幾太郎の流言論

英語圏では十九世紀から「間違ったニュース」「偽造されたニュース」の意味でフェイクニュースという言葉は使われていた。ブレグジット（Brexit）やトランプ大統領の登場は、古くからあった語に新しい表情を与えたのだ。それに対して日本では、新しい現象を指示する新しい語としてフェイクニュースの語を意識しがちだったように感じる。

実はそれはうかつな対応だった。清水幾太郎の『流言蜚語』（一九三七年）という、フェイクニュース論として読まれていれば実に示唆に富んだ論考が存在していた。だがフェイクニュースと流言飛語を結びつける連想が働かなかったために、フェイクニュースが流行語になってもほとんど言及されることがなかった。これはフェイクニュース論を展開する上で実に惜しいことだったように思う。

清水の流言論のなかで最も重要なのが、報道と流言の区別についての議論だろう。清水は内容から報道と流言の区別はできないと考えた。というのも、報道された事実は受け手からは空間的、時間的に遠く離れており、受け手は自分の眼や耳を使って真偽の確認ができない。眼と耳で直接確かめられる「知識」の範囲を超えた存在である点で報道と流言に差はなく、内容を確認して両者を区別することはできないと清水は考える。

では、私たちはそんな報道と流言をいかに区別しているのか。《二つのものを区別するのは知識でなくて信仰である。信仰と言って悪ければ、信頼と言い換えてもよい。とにかくそういう知識とは別な態度を俟って初めて両者の区別が可能になる》と清水は書く。報道メディアを信頼しているから、報じられている事実を真実と判断する。信頼しているメディアが伝えるものではないので、そちらは流言と判断する。そこでは内容の真偽ではなく、ただ伝える側を信頼できるか否かで判断が下されている。

こうした知識の限界を意識し、それを乗り越えさせるものとして信仰、信頼を持ち出す論法には伝統がある。たとえば四〜五世紀のキリスト教の教父哲学者アウグスティヌスは「見えないものへの信仰」という著作のなかで、自分たちの両親でさえも自分たちにとっては実は不確実であると指摘している。なぜなら自分たちが両親から生まれたことを自分たち自身は見ていないからだ。見ることができない欠落を補っているのは「他人が語ること」だ。他人が語ることを聞いて自分たちの両親がホンモノであることを信じる。

アウグスティヌスの議論は人を信仰へと促す意図がある。両親の存在を受け入れる上で身近な知人の言葉を信じる必要があると述べる論法は、そのまま目に見えない神の存在を、聖職者や信仰者の言葉を信じることで受け入れることにつながってゆく。清水が「信仰」の語を引いているのは、こうした目に見えないものを信じることの是非の問題が、信仰の文脈のなかで議論されてきた歴史を踏まえてのことだったのかもしれない。

もちろんアウグスティヌスの時代と同じ議論はできない。アウグスティヌスは、見えないことを補って信じさせている役目を親しい知人の言葉に果たさせようとしたが、今、見えないものを信じさせるのは、知人の言葉だけでなく、報道の言葉の役目でもあろう。

しかし報道の言葉には三重の意味で限界がある。

まず報道されていなければそもそも伝えることはできない。清水の流言論は、見えないものを信じさせる報道の言葉が機能しないときに、身近な人の言葉が信じられて流通するという構図を議論している。

そして、たとえ報道されていたとしても、それを伝える報道メディアが信頼されていなければ、伝えられている内容は事実と認めてもらえない。ジャーナリズムの「事実的な文章」は実はそれ自体では完結されず、ジャーナリズムへの信頼性という大きな枠組みなしには機能しないのだ。

科学記者でも難しい最先端科学ニュースの価値判断

先に引いた箇所からわかるように、清水は報道の受け手の立場で考えている。報道関係者であれば取材に出向くなどして自分の眼で確かめられる事実が、市井の受け手は自分で確認ができない。だから受け手は報道と流言の区別が本質的にできない、報道を信じるしかないのだ、と。

しかし、報道関係者であっても実は自分で確かめられないことは多々ある。これが報道の言葉が負う三つ目の限界だ。特にその限界に直面する傾向が強いのが、先端的な科学分野を扱う報道だ。

須田桃子『捏造の科学者』の書き出しにはそうした事情が示されている。

《その奇妙なファクスが送られてきたのは、朝刊の編集会議が始まる少し前の午後二時半ごろだった。

四日後の二〇一四年一月二八日火曜日の記者会見を告げる、理化学研究所の案内だ。「この度、幹細胞研究の基礎分野で大きな進展がありました」とあるだけで、肝心の成果のタイトルはおろか、概要や発表者名も書かれていない。

（……）

「いったいなんでしょうね」

生命科学や医療分野を担当する永山悦子デスクと顔を見合わせた。》

これが、「ＳＴＡＰ細胞」の作製に成功したと発表して世間に衝撃を与えることになる、理研からの記者会見の案内だった。『毎日新聞』はSTAP細胞が最初の記者会見からたどることになる転落のプロセスを最も深く報じたメディアであり、須田はその記事を多く執筆しているが、『捏造の科学者』はそうした新聞記事をまとめた内容ではない。会見の案内に対する社内の対応を記しているように、記事を作り出すマスメディア内部の状況や、特にNHKとの熾烈なスクープ合戦の舞台裏、水面下で続けられていた関係者へのバックグラウンドの取材活動も含めて、〝事件〟の全体像を立体的に描き出すノンフィクション作品となっており、第四六回大宅壮一ノンフィクション賞、科学ジャーナリスト賞二〇一五大賞を受賞している。《科学ジャーナリストの底力を示す優れた作品》（大宅賞選考委員・佐藤優の評）、《須田記者の事件への肉薄ぶりと分かりやすく再構成しなおした筆力は、見事というほかない》（科学ジャーナリスト賞贈呈理由）と高く評価された本格的なノンフィクション作品ゆえに、科学報道の特徴もまた鮮やかに描き出される。冒頭で引いたすぐ後の箇所にそれは早くも現れる。

《「笹井さんなら知っているんじゃない？　ちょっとメールで聞いてみてくれる？」

永山デスクが言った。

笹井芳樹・CDB副センター長は、近年社会の関心の高い再生医療の分野で著名な発生生物学者だ。体のあらゆる細胞に変化する万能細胞の一つ「ES細胞（胚性幹細胞）」を使って脳の発生初期を再現する研究に取り組んでいる。

（……）

これまで再生医療の取材が多かった私は、笹井氏に取材で協力してもらったことが何度もあった。サービス精神旺盛で、いつもこちらの取材意図をくみ取り、エピソードをふんだんに交えて語ってくれる、記者にとってはありがたい存在だ。》

須田にとって笹井芳樹（ささいよしき）はいつも取材上の相談に乗ってくれるありがたい存在だった。須田は理系の大学院まで出ていたが、院生時代の専攻は物理で再生医療とは専門が違う。とはいえ、たとえ再生医療の研究経験を有する科学記者であっても、大学院を出て報道の世界に入ってしまえば、須田と同じように協力者が必要だったはず。それほど先端科学の進捗（しんちょく）は速い。つまり科学、特に先端的な科学研究は、記者がその価値や研究成果の信頼性について判断を下すことが難しい。自分の目で見て、耳で聞いてその正しさが確かめられる、つまり実証的な確認が通用するわけではない点においては、流言を前にした〝一般人〟も科学記者も、実は大差なくなる。そこで記者たちは取材対象を選ぶにも、研究内容の価値を判断するにも、事情に通じて

須田桃子『捏造の科学者』

いる、信頼できる科学者の協力を必要とする。

内容を伏せた記者会見の案内を受け取った『毎日新聞』科学環境部の記者たちは笹井の見解を聞こうとした。須田の問い合わせメールに対して笹井はこんな返事を寄せた。

《須田さん、
記者発表については、完全に箝口令になっています。
しかし、一つ言えることは、須田さんの場合は「絶対」に来るべきだと思います。》

《読んだ瞬間、期待に胸が高鳴った》と須田は書いている。《笹井氏がここまで言うからには、教科書を書き換えるような画期的な成果かもしれない》。

須田は笹井の勧めに応じて会見への参加を希望するが、『毎日新聞』は大阪本社にも科学環境部があるので、須田を東京から神戸へ出張させるかどうかについては、一度、上層部預かりとなった。そのうちに箝口令の隙間を通り抜けて関係者筋から、会見内容が一流誌『ネイチャー』に論文が掲載された報告とその内容の紹介であることが漏れ聞こえてくる。《論文は、マウスの細胞に酸にさらすなどのストレスを与えるだけで、何も手を加え》ずに《受精卵に近い状態に初期化》する実験に関するもので、発表者はまだ三十歳前後の若い女性ユニットリーダーであること、論文の共著者は笹井と、キメラマウス（遺伝的に異系統の細胞をあわせもつ実験用のマウス）作製の世界的権威と言われている山梨大学教授の若山照彦であることもわかった。この会見は東京から出張してでも取材する価値があると会社側も判断し、須田は神戸に向かうのだ。

科学者に協力を仰ぎつつ取材を進めること、つまり（特定の）科学者を信じることが科学報道においては必須となっている。こうした科学報道の事情を踏まえた上で、ひとつの科学ノンフィクションの定形を科学報道の限界を超えて作ったのが立花隆だった。

立花隆の科学ノンフィクションの方法

立花は科学者へ時間をかけてインタビューを行い、一問一答のかたちを残してまとめる手法をしばしば採用してきた。京都大学霊長類研究所の研究者たちとの対談をまとめた『サル学の現在』（一九九一年）などもそうだが、ここでは須田の仕事に連なる『精神と物質』を例に挙げたい。マサチューセッツ工科大学教授で一九八七年にノーベル生理学・医学賞を受賞した利根川進を相手に語り合った内容は、『文藝春秋』一九八八年八月号〜九〇年一月号まで断続的に連載された後に一九九〇年に単行本として刊行されている。

立花隆・利根川進『精神と物質』

この時期の利根川はノーベル賞受賞を機会にわっと押しかけてくる日本のジャーナリズムの対応に追われて辟易していた。そこで専門外のジャーナリストの取材はこれで最後にする、以後の取材はここで答えているからと断る、と決めて立花の長時間の取材依頼に応じたのだ。結果として単行本一冊にまとまる充実した内容の聞き取りが実現した。

利根川の口から語られる分子生物学研究の内容について、立花は疑いを一切挟まない。たとえば小保方の『ネイチャー』論文で真っ先に不正が疑われた電気泳動法などが実験に用いられるようになった経緯が説明され、立花はひたすら耳を傾けつづける。利根川の見ている先端科学の世界のあり方、利根川のものの見方それ自体を立花は知りたいし、読者に伝えたいと思っており、研究不正を疑ったりはしない。それは利根川の仕事がノーベル賞として評価されており、十分に信じるに足るとみなされている（信じる理由は知人や報道によってもたらされるだけでなく、第三者による社会的評価もある）からだったが、勝負するのは、その真偽を疑うところではないという立花なりの考えにもよっていたのだと思う。

対談の最後になって立花は利根川に尋ねる。そこで科学ノンフィクションと科学報道を隔てる境界線を立花は踏み越える。

《――しかし、精神現象を何でも脳内の物質現象に還元してしまったら、精神世界の豊かさを殺してしまった理解になってしまうんじゃないですか。生きた人間を研究する代わりに、死体を研究するだけで、自分は人間を研究してるんだと語るようなことになりませんか。》（『精神と物質』）

利根川はこう応える。

《「（……）生きたままの動物や人間だって、すでにある程度研究することはできるし、またテクノロジーが進めばますますそういうことが可能になると思います。要するに、ぼくのいおうとしていることの一例としてですが、たとえば教育学という学問分野がありますね。どうやって子供を教育すればいいか、いろんな学説の体系がある。だけどそれがちゃんとした原理からの発想にもとづいた学説かといったらそうじゃない。たとえば、人間の知能はどう発達していくのか、性格はどう形成されるのか、そういうことがきちんと原理からわかった上で、だからこうすればいいんだという処方が下されているのかというと、そうじゃない。現象的な経験知の集大成にすぎないんですね。当然こういう処方には限界があるわけです」》（同前）

こうしたやり取りを経て『精神と物質』の対話もクライマックスに差しかかる。立花は一番聞いておきたかった質問を利根川にぶつける。それは精神現象がどこまで物質的なものかということだった。

《――精神現象も含めて、あらゆる生命現象が根本的には物質的基盤の上に立っている、そして物質的生命現象というのは基本的にはDNAに記された設計図通り動いていくのだということになると、精神現象も決定論的現象だということになりますか。一般には、物質世界は物質的に決定された世界だけど、生命世界は常に目の前に自由な選択がある決定されざる世界だと考えられていますけど、それは誤りだということになりますか。（立花――引用者註）

「先程もいったように、個々の人間の性格や知能、これらを基盤にした行動の大きなわくはその人が持って生まれた遺伝子群でかなり決まっているのではないでしょうか。ただし偶然性が働く余地は残っており、それぞれが遭遇する環境が、その範囲内で影響を与えることはできるのではないでしょうか」（利根川――引用者註）

――生命現象を物質に還元していく極端な立場として、本当に生きているといえるのはDNAなんであって、人間とか動物とか、生きている生命の主体と考えられているものは、実はDNAがそのとき身を仮託しているものというか、身にまとっている衣みたいなものだという考え方がありますね。

「ぼくもね、基本的にそういうことだろうと思ってますよ。（……）」》（同前）

ここで立花は、先端科学者である利根川の考えと自分の感じ方の差異を浮かび上がらせている。ただし、違いは際立ったが、どちらが正しいか、立花は結論を急がないし、ましてや先端科学が非人間的だと悪しざまに言い立てるわけでもない。

この後、利根川が、自分の秘書は敬虔（けいけん）なカトリックの信者であり、いつか利根川がノーベル賞を受賞するという神のお告げがあったと語っていたという話をする。その秘書は利根川の研究室で分子生物学の話を耳に挟むうちに神や来世を信じられなくなっていた。「お前のボスはノーベル賞を取るぞ」という神のお告げも、そんなことはあるはずがないと考えるようになっていたのだが、利根川が実際に受賞してしまったので、神を信じていいのか悪いのかわからなくなってしまったというエピソードを紹介する。

立花が《彼女の心理の揺れ動きね、それも一つの精神現象ですね。さっきの話に戻ると、この心理的揺れ動きも、いずれ物質レベルに還元した説明が可能であるということになりますか》と問いかけると、利根川の答えは《「ウハハハ。そうだね、いずれ説明がつくということになるだろうね」》。これが『精神と物資』最後の文となる。どう考えるか、あとは読者に委ね、あるいは未来の歴史の審判を待つということだろう。

こうした構成ができたのは『精神と物質』が長篇のインタビューとして雑誌に掲載され、書籍にまとめられて出版された科学ノンフィクションだったからだ。

日本の報道機関の科学セクションは社会部から派生した歴史を持つ。発展しつづける科学技術をフォローするには専門スタッフを揃える必要があったのだ。しかし科学技術が進化し、一般読者の理解を大きく超えるようになると、高度に専門的内容を嚙み砕いて伝える作業に追われるようになり、科学報道の主流は科学の世界を語る専門家の言葉をわかりやすく〝翻訳〟するものになる。限られた紙面スペースではそうした作業をするだけで手一杯で、紹介を超えた内容に踏み込むことは難しかった。

しかし紙幅に余裕のある科学ノンフィクションであればその限界を踏み越えられる。先端科学の達成を、立花は旺盛な好奇心をもって理解しようとした上で、科学をも人類の営みのひとつと考え、それが向かう方向に疑問を感じればそのことを科学者と互角に語り合う。『精神と物質』は全篇が対話の構成だが、形式だけでなく、内容においても対話的だ。立花と利根川の対話は、歴史的に培われた人間観と先端科学との対話なのだ。

こうして科学者の信頼に照らし合わせて事実の紹介に徹する科学ジャーナリズムの限界を超えるのが立花の科学ノンフィクションのスタイルなのだ。そこには「事実的な文章」から「物語的な文章」への跳躍がある。

『捏造の科学者』も科学ノンフィクションだが、こうした立花の仕事と違う指向を有している。スタートラインでは科学者への信頼という同じ場所に立っているが、最後までその信頼を手放さない立花と違って、須田はその揺らぎを経験する。

事件の展開と心境の変化

画像の不正使用が取り沙汰されるようになった時期、論文共著者の若山は須田に対して「STAP細胞として小保方から渡されたものがもしもES細胞だったら」という仮定の話をいち早くしていたという。それがES細胞だったら、マウスに移植すればテラトーマを形成しただろうし、キメラマウスを作ることもできる。まさにすべて辻褄が合ってしまうのだ。その後、テラトーマの写真の不正流用が発覚すると、若山は理研勤務時代に小保方と一緒に作製したSTAP幹細胞（STAP細胞自身は増殖しないので、特殊な培養方法を使って作り出したもの）に自身で簡易的な遺伝子解析を実施した。その結果、二株についてSTAP細胞作製に使ったはずのマウスとは異なる系統の遺伝子が検出されたことを、三月二十五日にNHKが、翌日に『毎日新聞』が報じている。それはSTAP細胞の正体がES細胞であったことの証明にまでは至らないが、STAP幹細胞作製に至るどこかの過程で他の細胞が誤って混入していたか、すり替えられていた可能性を示唆するものだった。

STAP細胞がES細胞だった可能性が高いことを示したのは遠藤高帆理研統合生命医科学研究センター上級研究員だった。遠藤はkahoのハンドルネームでSTAP細胞への疑問をネット上で発信していたが、その後も解析を続け、若山が所持していたSTAP幹細胞の遺伝子解析結果も踏まえて、それが一〇年前に若山研究室で作製されたES細胞ではなかったかと指摘した。

こうして次々に新事実が明らかになってゆくなかで須田の心境も変化してゆく。

二〇一四年六月下旬、須田は笹井や小保方が所属する発生・再生科学関係の研究部門を統括する理研の竹市雅俊(たけいちまさとし)CDBセンター長の話を聞く機会を持っていた。

《「私も当初は、STAP現象があるかないかはすごく興味がありましたけど、今は真相究明への興味の方がずっと上回っています」。率直に言うと、竹市氏は愉快そうに笑った。「このあいだの会見(二〇一四年六月十二日、「CDB解体」を含む理研の改革案発表を受けた竹市氏の会見――引用者註)でも、それはすごく分かりましたよ。須田さんは〝真相究明派〟ですよね」
「でも最初から疑っていたわけではありません。途中までは、これは論文上の間違いで、STAPそのものはあると思っていました。でも、信じていた部分が崩壊した今、何が知りたいかというと、不正の全容です。どこから始まったのか。誰が関わったのか」》(『捏造の科学者』)

須田が最初に信じていたものとは何か。それはSTAP細胞の存在ではあるが、同時にそれを保証する笹井の見方だった。STAP細胞に関する最初の記者会見への参加を笹井に強く誘われたときに始まり、須田は笹井の見方を踏まえて次々に起きることを評価しようとしていた。論文におかしな点があっても、STAP現象そのものはあったのだろうと考えようとしたのは、笹井もそれを信じていたからだ。

しかし笹井に対する信頼感は次第に薄れてゆく。理研が内部調査（第一次）の中間報告を発表した段階（二〇一四年三月中旬）での須田の取材依頼に対して、笹井はメールで返信している。

《小保方さんや研究所の若手にこれからも受けるべき分を越えたマイナスが続くなら、純粋に political（※政治的）な理由での retraction（※撤回）もやむを得ないというセンターとしての思いもあります。》（同前。カッコ内は原著の註）

その翌日にはより踏み込んだメールが届いた。

《いくら良く似たデータであっても、論文全体への信頼性 credibility の失墜は否めません。たとえ、論文の中心的な結論を大きく変えるものでなくても、世界的な最高水準の正確さを期待される理研の論文として、特に「大きな結論を主張する論文」として、不適であると言わざるを得ません。》（同前）

この時点では『ネイチャー』論文共著者のうち、理研所属の小保方、笹井、丹羽仁史（にわひとし）が論文撤回に同意したとの報道も出ていたが、三人が出したコメントは《「取り下げる可能性についても（理化学研究）所外の共著者と連絡をとり検討して」いる》との内容であり、取り下げるのかどうか混乱していた。そんななかで笹井は須田に撤回に傾いている心境を吐露している。

しかし笹井はそれでもなお小保方を擁護しつづける。

《小保方さんは、少しおしゃれなだけで普通の女性です。もともと特に目立ちたがり屋でもなく、みな言っていたように実験好きのハードワーカーでした。最初の二週間の賞賛の時期を含め、ずっと巨大なストレスとパパラッチと休みなく闘っておられ、はや一ヵ月半です。さすがに限界であるのは、人間なら、当然でしょう。》（同前）

こうした笹井の姿勢に須田は不信感を募らせる。《小保方氏の博士論文との画像酷似問題の軽視や、若山氏への「説得」（笹井は、STAP論文を取り下げるべきだとの見解をいち早くマスコミに述べていた若山に対して、誤解を指摘し、不用意な発言をしないように求めるメールを出していた――引用者註）、さらに過剰なまでの小保方氏の擁護――といった態度には、戸惑いと疑問を感じずにはいられなかった》と書く。

生命科学に関することであれば笹井に聞けば的確に教えてもらえる。そんな信頼が翳（かげ）りつつあった。須田の取材は、ＳＴＡＰ細胞の存在を――少なくとも刺激によって細胞が多能性を示すというＳＴＡＰ現象の実在を――主張する笹井の見方を経由することなく、不正がどこから始まったのか、誰が関わったのかを明らかにする方向に変わってゆく。

しかし二〇一四年十二月に刊行された単行本『捏造の科学者』では、遠藤と若山の解析結果までを収録するのがぎりぎりのタイミングだった。

《これまでの取材によれば、小保方研究室には、テラトーマの切片や、ホルマリンで固定されたキメラマウスの胎児と胎盤が残っていたとされる。それらのサンプル中には、ＳＴＡＰ細胞由来の細胞が含まれている。保存状態にもよるが、もし詳細な解析ができれば、ＳＴＡＰ細胞の作製に使ったマウスと遺伝情報が一致するかどうかを確認できるだろう。》

（同前）

こうして今後の課題を書くことで須田は筆を擱いている。

その後、何が起きたか。ＳＴＡＰ細胞が存在するのかを明らかにするために、小保方自身の手も借りて実施されていた理研の検証実験は、二〇一五年三月まで続けるはずが、予定より早く終結となる。『ネイチャー』論文に書かれた以外の方法も含めて、のべ三〇〇回もの実験を行ったが、ＳＴＡＰ細胞作製は再現できなかったことが二〇一四年十二月十九日に報告された。

この報告に先駆けて十五日に小保方が理研に退職願を提出し、十八日に受理されている。

十二月二十六日には調査委員会（第二次）の報告があり、残された試料を検証した結果、STAP細胞から樹立されたSTAP幹細胞と（胎盤に分化する能力をも備えていたとされる）FI幹細胞はすべてが既存のES細胞であり、STAP細胞の多能性の証拠になっていたテラトーマとキメラマウスもES細胞から作られていた可能性が高いことが示された。こうして残された試料を検証の対象にしたところは、単行本時に書き留められていた須田の要望が叶えられたことになる。

小保方への「人権侵害」認定と現在進行形の問題検証の困難

しかし、それでもなおSTAP問題は一件落着とはならなかった。

大きな動きとしては、小保方が二〇一六年一月に手記『あの日』を刊行し、さらに二〇一八年三月には、理研の検証報告や調査報告が出揃った二〇一四年十二月から書き続けていた日記（『小保方晴子日記』）を刊行したことがあった。それまで小保方の生の声は、理研の調査報告（第一次）に対する反論の記者会見（二〇一四年四月九日）で、「STAP細胞はあります」と絶叫とともに述べた言葉（佐藤優は《ポエムを詠んでいる》と評した〔「悪魔論の研究」『一冊の本』二〇一六年三月号〕）が断片的に伝えられるだけで、ほとんど紹介されることがなかった。そんな状況のなかで、小保方自身の声がついに発せられたのだ。

そこにはＳＴＡＰ細胞報道をリードしていた須田やＮＨＫについても、小保方の立場から記述されている。

《2014年7月23日、検証実験の帰り道、車がバイクに追われた。このままでは滞在先まで追われてしまうため、一旦ホテルで車を降り、運転してくれていた人が車を理研まで置きに行った。ロビーで待っているように言われたが、恐怖のあまり女子トイレの中で迎えを待った。1時間ほど後に迎えが来て、トイレから出ると、トイレの正面で「ＮＨＫの者です」と、いきなりカメラとマイクを向けられた。（……）ロビーに行ってもエレベーターに行っても後ろから「ＥＳという疑惑がありますが」などと言いながら追いかけてくる。（……）

最終的には付き添いの人がホテルの人を呼んでくれ、裏口から出させてくれた。どうにかタクシーに乗り込んだが、恐怖で震えが止まらず無意識に力んだせいで全身が痛かった。特にカメラを向けられ、ほほにマイクを当てられた時のあまりの恐怖に強く力み、人と接触した首筋は背中まで痛みが走っていた。》（『あの日』）

これは二〇一四年七月二十七日放送の『ＮＨＫスペシャル』「調査報告　ＳＴＡＰ細胞　不正の深層」のための取材だったことが後でわかる。この番組については、小保方はこう書いている。

《その後、個人攻撃的な内容の「NHKスペシャル」が放送された。番組の中では、笹井先生たちが「友人」と呼んでいた分子生物学会の研究者たちが出演して、番組の制作に協力していた。秘匿情報であるはずの調査委員会に提出した資料や私の実験ノートのコピーなどがすべて流出し、無断で放送に使用されたうえ、私が凶悪な捏造犯であるかのような印象を持たせるように、一方的な情報提供によって過剰演出をされた。》（同前）

《国民の受信料で運営される公共のテレビ局によって個人攻撃的な番組を放送されたことで受けた恐怖と心の痛みや悲しみは、言葉で表現することなどできない》（同前）と書く小保方はこの番組について、《「ES細胞を『盗み』、それを混入させた細胞を用いて実験を行っていたと断定的なイメージの下で作られたもので、極めて大きな人権侵害があった」》（申立書）と主張し、二〇一四年十月にNHKに抗議し謝罪を求める。それでも納得のゆく対応がなかったとして翌年七月に放送倫理・番組向上機構（BPO）の放送人権委員会に申立書を提出した。

委員会が異例の一九回にも及ぶ審議を重ねた結果、二〇一七年二月十日に出した決定は、「小保方＝フェイクの人」と思っていた多くの人にとって意外なものとなった。委員会はまずNHKの放送倫理違反を認めた。それは先に引いたホテルでの乱暴な取材の後に小保方が病院で頸椎捻挫などで全治二週間という診断を受けており、過熱取材を弁護士が抗議し、NHKが謝罪した経緯を思えば避けられない面もあったが、取材の行き過ぎを問題視しただけではなかった。委員会は小保方の申し立てどおり、番組内容に小保方の名誉を毀損する人権侵害があったとし、それも含めて放送倫理違反との判断を下したのだ。

BPOが問題にしたのは、STAP細胞と入れ替わっていたES細胞を一〇年前に作製した若山研究室所属の元留学生にNHKが取材し、そのES細胞が小保方研究室の冷凍庫に入っていた事実を示して「小保方が元留学生作製のES細胞を何らかの不正行為により入手し、混入してSTAP細胞を作製した疑惑がある」と報じた箇所だ。留学生が「小保方にES細胞を渡したことはない」というコメントをしたことと小保方研究室の冷凍庫にES細胞が入っていたという事実を連ねて放送することによって、小保方がES細胞を所持していたのは、不正な入手方法によっていたのだろうという印象を喚起させる番組演出構成をしたと委員会は考えた。それに対してNHKは、留学生が作製したES細胞と冷凍庫に入っていたES細胞が登場する場面は独立したものだと反論しているが、BPOは《一般視聴者がこれらを一連のものとして見ると理解するのが自然である》として、小保方の名誉を毀損したという判断を下した。

この決定については時間経過に注目したい。小保方がNHKに抗議した後に理研の調査委員会の最終報告が出ている。時期的にNHKのスタッフはそれが読めず、BPOが審議を始めた時点では読めた。実際、決定通告のなかにも最終報告についての言及がある。

その最終報告では、残された試料の遺伝子的由来を網羅的に調べるのと同時に《誰かが故意にES細胞を混入した疑いがぬぐえないが、混入が故意か過失か、誰が行ったかは決定できない》(『捏造の科学者』)との判断を調査委員会は下していた。なぜか。STAP細胞を培養したインキュベーター(培養器)のある部屋は研究室の奥に位置し、人がいない時間が多かった。加えて《研究室の鍵は施錠中も部屋の外に置いており、夜間を含めてCDB内の人は誰でも入ることの可能な状況だった。赤ちゃんマウスの細胞に刺激を与えてから培養器に入れて放置し、万能細胞に変化するのを待つ七日間。この間にインキュベーターを開け、ES細胞を意図的に混入させることのできた人は、不特定多数ということになる》(同前)からだと説明されている。

NHKが番組を制作したときにもし最終報告を踏まえていれば、留学生がES細胞を作製したことと、冷凍庫のなかにES細胞が入っていたことの間に、「研究室には誰でもES細胞を持ち込める状態にあった」とのナレーションが挿入されたか、構成自体が修正されていた可能性がある。そうなっていれば、留学生の作製したES細胞と、STAP細胞として保存されていたES細胞が同じものであったとしても、そのことから小保方が不正に入手して利用したという結論は引き出せなかったのではないか。

一方でBPOの側も、事実関係を逸脱して「小保方がそれを不正に入手した」という印象を強く喚起している番組だと判断した背景に「なぜES細胞がそこにあったかはわからない」とする調査委員会の最終報告をすでに知っているがゆえのバイアスが働いていなかっただろうか。

事実関係が明らかになってゆく現在進行形の状況のなかで、事実を知る前の一般視聴者の心証を、事実を知っている委員会が議論する難しさがそこにあったことは認めるべきだろう。

科学ジャーナリストだからできること

小保方の『あの日』のなかには須田への言及もあった。

《特に毎日新聞の須田桃子記者からの取材攻勢は殺意すら感じさせるものがあった。脅迫のようなメールが「取材」名目でやって来る。メールの質問事項の中にリーク情報や不確定な情報をあえて盛り込み、「こんな情報も持っているのですよ、返事をしなければこのまま報じますよ」と暗に取材する相手を追い詰め、無理やりにでも何らかの返答をさせるのが彼女の取材方法だった。》（『あの日』）

こうした記述に対して小保方の手記出版後、須田がすべての取材メールと内訳リストを当時の上司に提出して確認を求めている。社内調査の結論は〝問題なし〟であり、『毎日新聞』は逆に「殺意すら感じさせる」といった記述に関して文書で抗議している。

だが、形容はともかく、須田が極めて強い熱意をもって取材を実施していたことは『捏造の科学者』から伝わってくる。なぜ、そこまでこの問題に深く取り組むに至ったのか。もちろん

STAP細胞のインパクトの大きさもあっただろう。だが、ここではその理由を検討する上で、須田が信頼する相手が入れ替わっている事情に注目したい。

笹井への信頼が翳っていったことはすでに記した。しかし、須田はそれでもなお、科学者への信頼を踏まえて判断を下す姿勢を止めたわけではない。

《(二〇一四年三月上旬に京都市で開催された日本再生医療学会を取材した――引用者註)前夜、私は万能細胞や遺伝子解析に詳しい同年代の研究者と、京都市内の小料理屋で久しぶりに会った。これまで何度か取材で助けてもらったことがあり、信頼できる相手だ。》

須田はこの研究者に助けられた経験があるという。二〇一二年十月、東京大学特任研究員を自称する森口尚史(もりぐちひさし)なる人物が、iPS細胞で作製された心筋を移植する初の臨床応用を実施したとマスコミ各社に連絡をしてきたことがあった。『読売新聞』は森口の話を鵜呑(うの)みにして一面トップで扱ったが、事実無根であることが発覚し、関係者の処分に発展した。森口を《怪しい人物だから気を付けた方がいい》と須田にアドバイスしてくれたのがこの研究者だった。新聞に載ることはない小料理屋での会話を『捏造の科学者』は再現している。

《「ところで、須田さんは記者会見のとき小保方さんにどんな印象を持ちましたか」

「うーん、一言で言えば初々しい、かなあ。研究に対しては真摯な感じで、好感を持ちました。質問に少し詰まる場面もあったけど、会見は初めてだから仕方ないかと」

「初々しいねえ……。僕はテレビで見ただけだけど、この人は科学的な議論に慣れていないな、と思いました」

意外な見方だった。小保方氏は一流の研究者と共同研究をしてきた。「新たな万能細胞」を見出し、証明する過程では、侃々諤々の議論を重ねたはずと思い込んでいた。

彼は、数々の画像の問題の中でも、過去の論文で電気泳動の図を上下反転させたうえで使い回したとみられる疑義は、「すごく残念」だったという。

「あれが本当なら、小保方さんは相当、何でもやってしまう人ですよ。無断引用もね、きっとスキャナーで読み取った文章をそのままコピペしたもんだから、単語のスペルが間違っていた。それは流石にやっちゃいけない。STAP細胞そのものはあると思いたいけど」

小保方氏が「何でもやってしまう」、つまり不正行為に慣れているのでは、という指摘は、いつまでも頭に残った。》

かつて森口の胡散臭さ（うさんくさ）を言い当てていたことが、須田がこの人物に対して信頼感を強く抱く理由になっていた事情は想像に難くない。そんな信頼できる人物が「小保方氏は何でもやってしまう」という。須田はその評価を聞き捨てならないと感じた。そして、その評価は、科学に通じた人が同じ科学者を評したものではあるが、「何でもしてしまう」は科学的な評価に留まらず、人間性への評価に通じる。その言葉を信頼することから須田の不正問題への追及は加速されたのではないか。

小保方が何をどこまでしたのか、須田は見極めようとする。特定の科学者——笹井への信頼を別の科学者への信頼によって否定することで、むしろ自らの目と耳で事実を調べて真相に肉薄するジャーナリズム本来の方向に深く踏み込むこと。それがこのときに須田が選んだ方法だった。純粋に科学的な事柄であれば、確かに科学者にしか理解や分析ができず、判断がつかないこともあるだろう。だが不正行為をするのは人間であり、そこにはジャーナリズムが調査を及ぼせる部分もあるはずだ。須田が調査報道に深入りしていった背景にはそうした期待もあったのではなかったか。

科学が社会的に大きな影響を与える〝事件〟が起きる。そのとき、科学記者たちは社会部から派生した出自に立ち返るかのように社会問題として科学を扱う。〝事件〟が注目を集めれば、それに応じて多くの紙面が与えられるので、科学者の言うことを嚙み砕いて紹介するだけではなく、独自取材の成果を書ける事情もある。こうして専門家を信じて、その言葉を伝えるだけの科学コミュニケーターから本来の科学ジャーナリストに戻る経験に、水を得た魚のように生き生きと活躍する科学記者たちがいる。

須田はその一人であり、『毎日新聞』紙上でSTAP細胞事件を追及した。NHKも似たような動機で動いていた面もあったのだろう。だが勢い余ったNHKは、生のコメントを取ろうと小保方に迫って怪我をさせる事故を起こし、BPOに名誉毀損があったと判断されるフライング気味の番組を作った。

須田はその轍を踏まなかった。なぜだったのか。須田は小保方やその周辺の人々の動きを丁寧に調べてゆくジャーナリズムの王道に戻ったが、その仕事を単行本化するに当たって取材の経過をただまとめるだけでなく、事件の全体像を語ることに重点をおいたことがあったのではないか。たとえば『捏造の科学者』の大宅壮一ノンフィクション賞の選評で、梯久美子は《小保方氏をとりまく人々が像を結んでいく》なかで《中心にいるはずの小保方氏の「わからなさ」が際立っていく》と書いている。同じく片山杜秀は《小保方晴子氏という突出したキャラクターに注目した》世間に対して、先端科学研究の高度化と分業化の構造のなかで、小保方でなくても反復可能なものとしてSTAP細胞事件を描いたと評価した（『文藝春秋』二〇一五年六月号）。

報道の枠組みのなかでは難しかっただろうこうした立体的な書き方の結果、『捏造の科学者』は犯人探しを焦るのではなく、構造的な問題の究明に重点を置くことになった。事実を淡々と追うのではなく、そこにあった人々のさまざまな関わりを総合してゆくことで先端科学の世界の全体像を描き出す。こうして〝事件〟を契機に科学報道から科学ノンフィクションに筆を進めた須田と、科学報道を社会部的事件報道にしたままスペシャル番組に持ち込んだＮＨＫとの間で、明暗が分かれたと言えるのかもしれない。

最終報告後も残った「壁」

この『捏造の科学者』は二〇一八年十月に文庫本として再刊されている。須田はそこで単行本刊行後に明らかになったことを補足、加筆している。単行本時に今後の課題として示した、小保方研究室に保存されていたテラトーマやキメラマウスの遺伝子解析の結果が調査委員会の報告として公表されたことは当然カバーされている。しかし、それでもなお、誰がどのようにＥＳ細胞を混入させたのかはわからないことを調査報告は示した。

須田はこう書いている。

《三種類のＥＳ細胞のたび重なる混入（あるいはすり替え）は、なぜ起きたのか。常識的には、すべての混入が偶然に起きたとは考えにくい。（……）

仮に意図的な混入やすり替えだったとすれば、誰の手によるものなのだろうか。ＣＤＢの若山研でＳＴＡＰ論文につながる実験をしていたのは、基本的に小保方氏と若山氏の二人である。（……）

しかし、混入が可能だった人物をこの二人に限定することはできない。》（文庫本『捏造の科学者』）

最後に壁として立ちはだかったのも、科学のことは、やはり科学者に聞くしかないという構図だったと言える。誰でもES細胞を混入できたのは、科学とはかけ離れた研究室のセキュリティの甘さが理由ではあったが、それでも研究室という〝聖地〟のなかで起きたことについては研究者に聞かなければわからない。もしもES細胞の盗難や混入が刑事事件として扱われれば、真相が捜査によって明らかになることもあったかもしれないが、科学者コミュニティはそうしたかたちでの事件化を望まなかった。STAP細胞がES細胞であったという科学的事実を明らかにした段階で、科学者コミュニティは幕を引いたのだ。

　結果的にSTAP細胞の有無や混入者が誰かの問題はくすぶりつづける。遠藤高帆、そして特に若山照彦の見解を信じれば小保方がどうも疑わしくなる。しかし小保方の書いたものには若山への不信感が色濃い。一方で、理研の調査報告が出された後にも、同じ実験科学者だからわかることとしてSTAP現象はあったはずだとする下條竜夫（げじょうたつお）『物理学者が解き明かす重大事件の真相』のような書籍も出ているし、それを《目下、氾濫する情報のなかで、これが最も正鵠を得たものと、私は判断する》（『出版ニュース』二〇一六年三月下旬号）と高く評価する齋藤慎爾（さいとうしんじ）のような評者もいる。自分自身でチェックができないし、ジャーナリズムも真偽の確認ができない先端科学技術の領域では、誰を、何を信じるかによって判断を下すしかない。しかし、一方を信じれば他方が流言＝フェイクとなり、他方を信じれば正反対の評価となる。流言＝フェイクと真実が区別できないために論争は延々と水掛け論になる。

『捏造の科学者』は、誰が不正に手を染めたかを明らかにすること以上のスケールで先端科学の世界を描いているので、こうした水掛け論とは別の地平に位置しているが、新聞記者としての須田や仲間の科学記者たちも、流言と真相が区別できなくなっている状況を前に白旗を掲げたわけではないだろう。今後も何か新事実がわかって真相に近づくことはできるかもしれない。しかし強制的な家宅捜索や取り調べをできる権限がジャーナリズムにない以上、新事実に遭遇するにはよほどの幸運に恵まれるか、長い時間が必要だろう。

その成果にいつか出会えることを期待しつつ、ここでは最後に須田が大宅賞受賞後第一作として発表した『合成生物学の衝撃』に触れておきたい。

科学ノンフィクションの意義

『合成生物学の衝撃』でも先端的な科学の成果が取り上げられているが、研究内容を疑うような扱いはされていない。事件報道の体裁を取り、不正の真相究明をめざした『捏造の科学者』の取材姿勢とは異なり、取材を受けてくれた科学者たちの説明の紹介に徹する。今は合成生物学なる新興の学問分野の存在を知らせるべき時期――、須田はそんな判断をしたのではないか。

だが、それは単なる先端科学の紹介書――つまり書籍による科学報道に留まらない性格も帯びている。初めに引かれるのはカズオ・イシグロの小説『わたしを離さないで』だ。そこに登場する子どもたちには親がいない。臓器を提供するために人工的に製造された人間だからだ。

合成生物学によって作られる細胞も同じではないか。今までいかに科学が進化したといえども、いのちをつくりだすことは、人間にはできなかった。よく誤解されているが、クローン技術も命ある生物からすでに組織の一部に分化している細胞を取り出し、初期化してもう一度受精卵からの成長のプロセスをたどらせる。いのち自体は細胞を提供した生物から新しいクローンへとバトンのように引き継がれているのであり、新たにゼロからいのちがつくりだされたわけではない。ｉＰＳ細胞もそうだし、本当に存在していればの話だが、ＳＴＡＰ細胞も同じだった。

しかし須田がアメリカで取材した合成生物学は次元が異なる。異端の生命工学者クレイグ・ベンターは工学的にＤＮＡを製造し、それを細胞に移植した。新しい合成ＤＮＡによって制御されるようになった細胞はそれまでとは別の活動を始め、やがて古い細胞由来のものは消えてゆく。細胞は分裂し、自分のいのちを新しい細胞につなげてゆくリレーを全く新規にゼロから始めるのだ。

須田桃子『合成生物学の衝撃』

須田が書いている。

《合成生物学が切り開いていくであろう豊かな可能性に思いを馳せながらも、私の胸の奥にはずっと居座って消えない、ある疑問があった。

――ゲノムを設計し、人工的なゲノムに基づき新たな生物を創り出すことは、種の進化を人間が直接、操ることのように見える。（……）私は宗教を持たず、基本的に科学を愛している。だから、「〝神〟がそれを許すだろうか」と考えたことはない。しかし、母なる地球に暮らす多様な種の一つにすぎない私たち人類が、私たちだけの目的のために進化の担い手となり、他の種の生命の設計図を大胆に書き換えたり、新たな種を創造したりする権利があるのだろうか？

こんな私の疑問にベンターはこう答えたものだった。

「それは興味深い哲学的な問いだ。だが、私たちは単なる一つの種ではない。アリやハエと同等ではないのだ。私たちには、全く新しいものを創り出すことを可能にするだけの知性がある。従ってもちろん、私たちにはその権利があるのだ。そう、私はあなたに同意する。神はいない。あるのはただ、社会の基準だけだ」》

『わたしを離さないで』に登場する親のいない子どもたちを創り出す方向に歩み出そうとしている先端的科学への疑問。それは『精神と物質』のなかで示された立花の疑問を受け継いでいる。『合成生物学の衝撃』は先端的な科学者たちの話に静かに耳を傾けつづけ、しかしその研究成果が人類史の最前線に置かれることへの疑問を述べる。その両方の姿勢において立花の『精神と物質』に通じる。立花は《「存在の意味」という、生命論あるいは人間論における哲学上の最も古い問いが生命科学上の問いに置きかえられ》(『精神と物質』)ていいのかと問うた。須田もまた同じ問いを別の言葉で投げかける。

この疑問は読者の誰もが自分のことと思えるものであり、立花が分子生物学をそう評したように、合成生物学もまた《生命と人間に関心を持つ全ての人にとって知的に最もチャレンジングな学問》(同前)になりつつある。そして、そんな事情を紹介する科学ノンフィクションは、科学の存在価値に関する社会的な議論をうながす広がりを持っているのだ。

方法はそのつど違うが、科学ノンフィクションは、科学を社会のなかに位置づけ、科学を科学者だけの独占物にしないために努力しているのだろうと思う。科学ノンフィクションの語りは、市井の人々との科学をめぐる対話を用意しようとしている。社会が関心をもって見守りつづけること、常に科学を議論の対象とし、科学者たちとの対話関係を維持することこそ、科学者たちに、倫理を踏み外したり、不正に手を染めさせたりしない抑止力にもなるはずだ。その意味で科学と社会をつなぐ科学ノンフィクションの責任は大きく、それを受け止める読者の責任もまた大きいと言えよう。

第9章　日記とノンフィクション

若泉敬『他策ナカリシヲ信ゼムト欲ス』
『佐藤榮作日記』
『楠田實日記』
志垣民郎『内閣調査室秘録』

鶴見俊輔の「ジャーナリズム＝日記」論

《外国語から取られた言葉がふつうに出あう運命なのだが、もとの言葉のつくりだす連想の一部分を、この言葉もまた日本語にうつされてから、なくしてしまう。》（「ジャーナリズムの思想」）

鶴見俊輔（つるみしゅんすけ）が編者を務めた『現代日本思想大系』第一二巻『ジャーナリズムの思想』の巻頭に、鶴見自身が解説文（「ジャーナリズムの思想」）を寄せている。そこで提示されるのが、有名な〝ジャーナリズム＝日記〟論だ。

《「ジャーナリズム」にははじめ「ジャーナル」という言葉がかくれていた》と鶴見は書く。「ジャーナル」はラテン語の「一日の」という形容詞ディウルヌスに由来し、ローマ時代に名詞のディゥルナは日刊の官報のことだった。

そんなラテン語を語源とする英語表現において、毎日つけられる記録はすべてジャーナルと呼ばれるようになる。ちなみに鶴見は『オックスフォード英語辞典』を繙き、「毎日の記録」という意味で「ジャーナル」という言葉が使われはじめたのは一五〇〇年頃から、「日刊新聞」という意味でこの語が用いられるようになったのが一七二八年以来だったとされていることを紹介、《それから、連想の比重の逆転はあったが、それでも日記あるいは日録として「ジャーナル」という言葉をつかう習慣もまた、今日まで持ちこされている。「ジャーナリスト」という英語の単語は、第一に新聞記者・雑誌記者を意味するが、第二には日記をつける人という意味を持っている》と書く。

しかし、日本ではそうした言葉が、外来語として受け入れられてゆく過程で《もとの言葉のつくりだす連想の一部分を、（……）なくしてしまう》。

《明治以後の舶来の言葉としての「ジャーナル」（ジャーナリズム、ジャーナリスト）は、毎日の記録としてとらえられることがなくなり、市民が毎日つけることのできる日記との連想を断ち切られて、新聞社あるいは雑誌社などの特別の職場におかれた者の職業的活動としてだけとらえられるようになった。》（同前）

以後、鶴見は日本の近代ジャーナリズムの歴史を、職業的ジャーナリズムが個々人のジャーナリズムから乖離するプロセスとして記述してゆく。その作業は、日本の多くのジャーナリズム論が「ジャーナリズムを営む職業」の議論に留まっているなかで異色であり、傾聴すべき論点を多く提示している。特に職業組織に所属しなくてもジャーナリズム的な情報発信ができるソーシャルメディア環境が整いつつあるなかで、組織化される以前のジャーナリズムの「初志」から論じはじめる鶴見の議論の価値は新しく蘇りつつあるとも言えよう。

ただ今回は、そちらの方向で鶴見の議論を発展させるのではなく、「日記」に注目して、ひとつの作品を論じてみようと思う。

沖縄返還交渉の「密使」の手記

議論の対象とするのは若泉敬『他策ナカリシヲ信ゼムト欲ス』（以下、『他策』）だ。この作品自体は日記ではない。戦後日米交渉史の一幕を扱う内容だ。

若泉は一九三〇年に福井県に生まれた。戦時中に尋常小学校、国民学校高等科で学ぶ。裏山で「教育勅語」を大声で読み上げるような、当時としてはごく普通の「少国民」だったという。福井師範学校に進学、空襲を経験しつつ、予科二年在学中に終戦を迎えている。

戦後、明治大学に合格して上京、在学しながら一年後には旧制最後の東京大学に合格。法学部政治学科で学び、卒業後は防衛庁の前身となる保安庁保安研修所（現・防衛省防衛研究所）

の教官（助手）となる。一九五七年にはロンドン・スクール・オブ・エコノミクス（LSE）大学院に派遣された。一九六〇年には米国ジョンズ・ホプキンス大学高等国際問題研究所にも留学した。こうした海外滞在中に国際政治学研究を進めるだけでなく、マイク・マンスフィールド（後の駐日大使）、ウォルター・リップマン（ジャーナリストであり、何代にもわたって大統領のスピーチライターを務めた）、ウォルト・ロストウ（経済学者で後にジョンソン大統領の側近となる）らと面識を持った。この豊富な人脈がなによりも後の若泉の武器となってゆく。

一九六六年には前年に開学したばかりの京都産業大学に法学部教授として招聘され、同大学の世界問題研究所員を兼任した。通常の授業を担当せず、東京の研究所事務所を拠点に自らの裁量で働くことが認められていた。

一九六六年頃から愛知揆一（後に外相として沖縄返還に向けた日米交渉を担当する）の紹介で時の首相・佐藤栄作に接触する。沖縄返還に並々ならぬ熱意を持って臨んでいた佐藤は若泉に、米国首脳の意向を内々に探ってほしいと要請し、若泉は「密使」としてたびたび渡米し、外務省が担う通常の外交ルートとは別に、米国要人相手に交渉を行うようになる。

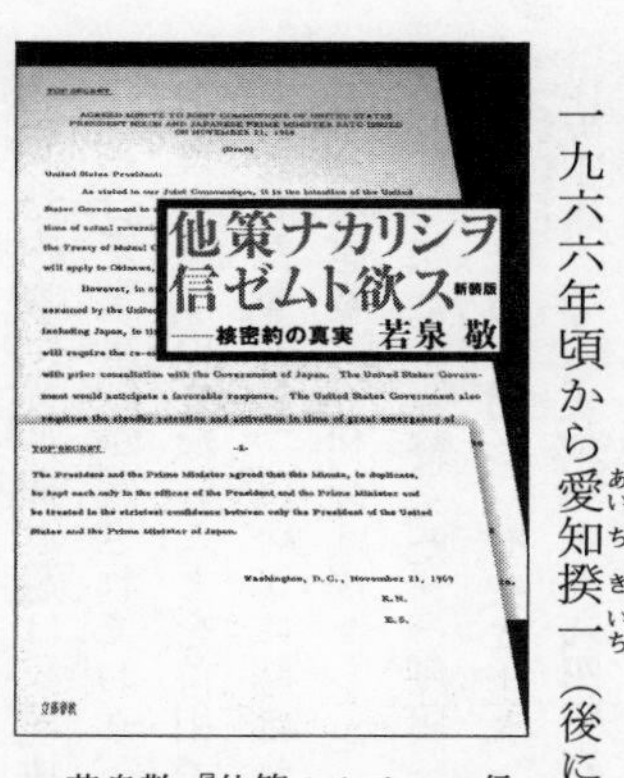

若泉敬『他策ナカリシヲ信ゼムト欲ス』

『他策』はこうした秘密交渉の過程を「密使」自ら

が記した内容だ。沖縄返還は「核抜き、本土並み」だったはずだが、実は佐藤とニクソンの間で秘密合意議事録が残されており、そこには有事の際に、米国から沖縄への核持ち込みの申し出を日本側は拒まないことを首相である佐藤が保証していた。

こうした「密約」はいかに結ばれたのか、密使自身が秘密のヴェールを破って自らの経験を書いた『他策』の刊行は驚きをもって迎えられた。いくつか書評から引けば、《驚きと興奮のうちに一気に読み終えた》（御厨貴〔みくりやたかし〕、『読売新聞』一九九四年六月二十日）、《これほど自己を滅しようとする感情と、歴史に生きようと覚悟する理性が葛藤している書を私は未だ知らない》（保阪正康〔ほさかまさやす〕、『文藝春秋』一九九四年六月号）。

『他策』は世に問われ、ついに密約の内容が詳細に明かされた。だが、日本政府はその存在を否定しつづけた。一九九四年五月十二日には衆議院本会議で社会党委員長の村山富市〔むらやまとみいち〕が質問したが、羽田孜〔はたつとむ〕首相は密約が交わされた事実はないと一蹴した。

なぜ無視しつづけることが可能だったのか。この問題は政治的な背景もあるし、世論形成のメカニズムも検討に値するだろう。だが、ここではノンフィクションという表現カテゴリーの問題に特化させたかたちで論じたい。

『他策』を開くと、まず一九四五年の沖縄攻防戦で亡くなった人たちの冥福〔めいふく〕を祈る「鎮魂献詞」があり、次に「宣誓」が置かれる。

《永い遅疑逡巡の末、心重い筆を執り遅遅として綴った一篇の物語を、いまここに公にせんとする。歴史の一齣への私の証言をなさんがためである。》

そして《私は、良心に従って真実を述べる》と宣誓の本文が太字で綴られている。実際に事実が丁寧に述べられたが、しかし、〝核密約〟の検証は二〇〇九年までなされることがなかった。つまり『他策』は現実を告発し、変革を求める力を十分に持ちえなかったということになる。ノンフィクションとして、ここには事実しか書かれていないと主張する作品は世間に多少の波紋を広げるが、そのうち話題がたち消えてしまう。それは『他策』だけでなく、ノンフィクションの話題作において、しばしば繰り返されることだ。

なぜノンフィクションは決定的な影響力を持ちえないのか。それはノンフィクションが多くの日記のように端的に事実を記録するのではなく、事実をひとつの作品として「物語る」表現形式であることと関係しているのだと思う。

沖縄返還交渉を「両三年の内」に

日記とノンフィクションをたすき掛けにして議論する前提にするために、しばらくノンフィクション作品としての『他策』の内容について紹介する。

『他策』に描かれる日米交渉は三段階に区分できる。最初の段階（一九六七年）ではジョンソン大統領との間で沖縄返還交渉の筋道をつけることが求められた。沖縄返還を具体的な日程に載せたい佐藤の要望を承けて、若泉は留学時代に人脈を築き、親交を深めていたウォルト・ロストウに相談する。ロストウはジョンソン大統領の特別補佐官となっていた。

日米の合意文書のなかに「数年中（within a few years）に返還交渉に入る」と具体的に書き込ませるために東奔西走する『他策』の描写はどこかスパイ映画のようだ。その記述に従い、再現してみよう。

日米交渉と同時期に若泉の所属していた京都産業大学世界問題研究所が、世界的に著名なイギリスの文明史家アーノルド・トインビー夫妻を日本での記念講演に招致していた。若泉はトインビーと親しく、招致の依頼に始まって講演会の企画、アテンドまで担当している。

そのとき高齢を理由にトインビーは大西洋、太平洋を船旅にしたいと希望した。若泉は大西洋を横断してアメリカに到着したトインビー夫妻と一九六七年十月二十三日にサンフランシスコで合流する。そして翌日に太平洋の船旅に博士夫妻を送り出した後、ダレス空港経由でワシントンに向かう。まず二十五日にやはり旧知の政治学者で、ジョンソン政権で国防次官補代理となっていたモートン・ハルペリンに面会し、ホワイトハウスの状況を尋ね、二十七日はロストウと会って沖縄問題に対するジョンソン大統領の意向を探っている。

その後、ハワイに行って、太平洋横断の長旅の途中でハワイに寄港したトインビー夫妻と落ち合ってワイキキ海岸を散歩し、ドライブをしながらパールハーバー（真珠湾）などを訪れ、再び別れてワシントンに引き返す。十一月二日には日本に戻り、まず五日に福田赳夫（自民党幹事長）の自宅を訪ねてワシントンでのヒアリング内容を報告。翌日に佐藤と面会している。九日には太平洋を船で渡って来日したトインビー夫妻を横浜で迎える。もちろん夫妻が船旅を楽しんでいる間に自分が何をしていたのかなどはおくびにも出さない。東京までアテンドした後、若泉は「親戚が亡くなったので少しの間、郷里に帰りたい」とトインビー夫妻や京産大関係者に嘘をついて行程からいったん離脱する。その日のうちに再び佐藤とうちあわせ、直筆の信任状を受け取る。このように世界的に著名な学者を招待する大学の業務をこなしつつ、一方で日米の命運を決める水面下の交渉にも当たっていたのだ。

『他策』によれば、この場で佐藤は若泉に《沖縄・小笠原諸島に対する施政権の早期返還を期して、その実現の具体的方針につき基本的の了解をうること。なお、ここ両三年の内に施政権の返還時期を決定することの合意をみることが望ましい》との要望を述べたことになっている。若泉は〝両三年内〟は困難だと率直に所見を述べたが、佐藤は妥協しなかった。

《「いや、そこをなんとかやってみてもらえないかと思って、とくに君にお願いするんだ。いまや、どうしても、ホワイトハウスのトップに直接ぶつけてブレークスルー（突破）をやらなきゃいかんだろうな。

具体的なやり方は君に任せるから、ぜひ、この〝両三年内〟の目途づけという点をコミュニケのなかに入れるように説得してきてもらえんだろうか」

総理の表情はいつになく真剣そのもので、滅多にみられぬ明確で力強い意思表示だったが、そこには焦燥の色も滲み出ていた。》

この後、若泉は佐藤の信任状を鞄に入れ、真夜中近くに羽田空港を発ってアメリカに向かった。そしてロストウを説得し、共同声明案に within a few years の交渉開始時期を入れることをジョンソンに求める。

佐藤・ジョンソン会談は十一月十四日、十五日に実施される。結果的に within a few years の文言は共同コミュニケには残されなかったが、ロストウによれば、それは大統領選（一九六八年十一月の大統領選でニクソンが当選することになる）以後を拘束する文言を公開文書には盛り込まない米国の慣例に従ったもので、その内容についてはジョンソン大統領をはじめ、ホワイトハウススタッフの間では共有されていると若泉に説明した。実際、十一月二十日夜に羽田に着いた佐藤は帰国会見で《沖縄については、施政権を返還するとの基本的諒解のもとに、日米間で協議を開始するとの合意をみることができました。私はこの協議を通じて、両三年内に、米国との間に、返還の時期について合意に達し得るものと、確信しております》とこちらは期限を明確に述べているし、米国側からも異論は出ていない。

佐藤・ニクソンのホットライン構築

こうして軌道に乗った沖縄返還交渉で、若泉はもう一度「密使」となる。『他策』によれば、ことの始まりはジョンソンとの会談で仲介の労を取ったロストウで、補佐官の役から離れた後に来日して若泉と旧交を温めたが、そのときに沖縄返還交渉を進展させるためにキッシンジャー補佐官を通してニクソン大統領に接触してみることを若泉に勧めたのだという。一九六九年六月二十一日に佐藤と面会した若泉はこの話をしてみる。

《首相が、憂慮の念を珍しく顔に滲ませながら、

「うーん」

と首をかしげたまま考え込んでいるのを見て、私は少し苛々した。すると、

「じつは、ニクソンさんが大統領に就任した直後に、手紙をくれたんだ。その余白に手書きで、『何か必要があったら自分に直接言ってくれ』というようなことが書き加えてあったんだがね」

「それじゃ、なおさらのことではないですか」

と私は、間髪を入れずに言った。

「両首脳間の〝政治的なホットライン〟を開いたらどうですか。キッシンジャーとならいつでも会えます」

しばらく間をおいて、独得の大きな眼玉で私を見つめつつ、

「君、また一肌脱いでやってもらえるかい」

と佐藤総理は言った。》

この第二段階で、若泉の交渉課題は返還の条件だった。若泉とキッシンジャーの会談はまず七月十八日に実施される。間をつないだハルペリン（その時期にはニクソン政権の国家安全保障会議のメンバーになっていた）すら人払いして、キッシンジャーは若泉とホワイトハウスの地下一階のオフィスで二人だけで会った。日本側の要望を伝え、帰国するつもりだった若泉をキッシンジャーは引き止め、もう一度会うことを求める。二度目の会談はアポロ一一号の月面着陸の成功を挟んで七月二十一日に。午後五時からニクソン大統領の記者会見があり、それに立ち会ったキッシンジャーと若泉が会ったのは夜の八時半になっていた。

キッシンジャーはロジャーズ国務長官にも知らせていないと話し、若泉にも外務省や官邸には秘密にすることを依頼した。そして早くも核心を衝いた話題を出してきた。《（沖縄の核を——引用者註）かりに一旦撤去したとしても、そのあと緊急事態が発生した場合、これは沖縄だけだが、核をふたたび持ち込む必要が生じるかもしれない。その権利をわれわれは保持しなければならないと考えているが、日本政府としてどのようにしてその点を保証してくれるのか》。

持ち帰って佐藤と相談すると応えた若泉に対して、キッシンジャーは今後の連絡のために自分を「ドクター・ジョーンズ」と呼び、キッシンジャーは若泉を「ミスター・ヨシダ」と呼ぶことにし、それぞれの首脳については「君の友人（ユア・フレンド）」「私の友人（マイ・フレンド）」と呼ぼうと取り決める。

佐藤がニクソンをホワイトハウスに訪ねた会談は一九六九年十一月十九日から二十一日に実施される。一日目の交渉ではキッシンジャーと若泉が書いたシナリオが実践された。もし佐藤が英会話に堪能であれば、ニクソンと二人だけで秘密裏に話を進めることができたが、通訳を必要としたので公式会談の場で佐藤が一人になることはない。そこでキッシンジャーが提案したのは、交渉が一通り済んだ段階でニクソンが蒐集（しゅうしゅう）した美術品をお見せしようと佐藤を大統領執務室につながった小部屋に誘う段取りだった。キッシンジャーが小部屋に先回りし、用意していた秘密議事録に二人がサインをする。そこにはアメリカの核持ち込みの申し出を日本は拒絶しない旨が記されている。十九日の会談はこのシナリオ通りに進められた。佐藤とニクソンは若泉とキッシンジャーが書いた脚本通りに演じる役者となった。

しかし、このとき、秘密議事録で示されたことは緊急時の核持ち込みだけではなかった。秘密の議事録には、日本産の繊維製品をめぐる貿易摩擦問題で、日本の繊維産業の自主規制を望むニクソンの意向に佐藤が従うことも返還の条件として盛り込まれていた。繊維問題を沖縄返還の条件に加える内容については九月三十日の若泉との交渉でキッシンジャーがタイプ打ちのペーパーを出してきた。しかし若泉は、そしてペーパーを出してきたキッシンジャー自身も、その内容について理解しているとは言えなかった。《繊維についていえば、正直なところ、内容はほとんど分からなかった。相手のキッシンジャー補佐官も同様だと、自ら認めている》。にもかかわらず核抜き返還を密約込みであっても実現させたい若泉は、米国に出発する直前の佐藤と十一月十五日朝に面談し、日米両国が繊維問題について秘密裏に会談を行うために交渉者一名をそれぞれ指名し、一九六九年十二月中に協定に到達することを密約に盛り込む了解を求めていた。


《むっつりした表情で視線をそらし、しばし沈黙を守っていた総理は最後に、

「よし、なんとかニクソンを助けよう」

と言ってくれた。私はすかさず、

「この中身を実現することでないとダメですよ。

ただ、これは私の素人考えですが、かりに日米二国間で了解ができても、おそらく、ガットの場での多国間交渉がそう簡単に進展するとは思えませんが。

しかし、〝イエス〟と言うからには、約束は実行するという肚を決めておかかり下さい」

「うーん」

と、やや生返事のような声で、

「とにかく、核抜きでやってくれたんだから、こっちもなんとかやってみよう」》

こうしたやりとりはあったが、佐藤は「なんとかやる」ことができなかった。

果たされなかった約束

沖縄返還を手土産に帰国した佐藤は、一九六九年十二月一日の衆議院本会議で沖縄の「核抜き、本土並み、七二年返還」と「七〇年以降も日米安保条約堅持」を所信表明で強調して解散総選挙に入り、立候補時に無所属だったが後に公認扱いになった一二人の当選者を含めて三〇〇議席を獲得する圧倒的勝利を収める。

そうした日本の様子を、太平洋の向こう側でニクソンは苦々しく眺めていた。佐藤は繊維問題を何ら進めようとしないのだ。選挙だからと米国側も対応の遅れを酌量していたが、さすがに業を煮やす。

ニクソンから対応を求められたキッシンジャーが連絡する相手は決まっていた。「核抜き、本土並み」の日米交渉を成功裏に終わらせた充実感を覚えつつ晴れやかな気分で若泉が一九七〇年の正月を迎えた後、一月十七日にワシントンから国際電話がかかる。独特のドイツ語訛り（なま）の英語を使う「ジョーンズ博士」からの連絡だった。《ミスター・ヨシダ、十二月末日と言った君の友人（佐藤首相）の約束はどうなっているのか。われわれの方は、日本側がいったい何を考え、どうしようとしているのか一向に分からず困惑している》。

一介の国際政治学者に戻ろうとしていた若泉は、この電話で再び交渉の場に引き戻される。しかし『他策』においてその記載はほぼ省かれている。以下の記述があるのみだ。

《一九七〇年の一年間に、私がキッシンジャー氏と交わした繊維交渉に関する国際電話は、私の記録によると八十九回にも達した。

そのやりとりについて、氏は前述したように、「この『私の友人』、『あなたの友人』という暗号を使う話し合いは、その後かなり長い間、私の人生の一部を占めることになり、最後には気がおかしくなりそうになった」と述べているほどである。

この告白も、そっくりそのまま私にあてはまるものであった。》

これが密使として若泉が関わった日米交渉の第三段階になるが、それについて『他策』の記載は多くない。若泉にしてみれば最後まで自分の関わるべき事柄ではないという感覚だったのだろう。結果的に『他策』は非常時の核持ち込みを密約で認めたことが主題になり、外交の裏で進められていた事実を示し、本土復帰を望む沖縄同胞の気持ちに応えるために密約を結ぶ以外の「他策」はなかったと信じたい、若泉自身の思いを世に問う内容になっている。

若泉は『他策』の刊行で国家機密を暴露した罪に問われると考えていた。むしろそれを望んでいるところもあり、国会で証言を求められれば、その機会に、独立を自ら求めることなく、対米従属の枠組みのなかで、豊かさをなんとなく享受するだけの「愚者の楽園」となっている日本社会を告発しようとしたが、その希望は叶えられなかった。

先に「スパイ映画のようだ」と書いたが、交渉の過程で黒いコートに黒いサングラスで人目を忍んで行動していたらしい若泉の姿はあまりに絵になっていて、かえって本当にこんなことがあったのかと驚く箇所も少なくない。若泉は『他策』の冒頭で《良心に従って真実を述べる》と宣誓しつつも、《一篇の物語》を綴ったという表現を用いてもいる。「物語」という語に若泉が込めた意味はわからないが、『他策』を一読した印象は、確かにこれは「一篇の物語」だというものだ。日本が国家としての独立を果たしていないことを憂える〝国士〟としての若泉は、戦後、母国と切り離されて苦しんでいた沖縄の同胞のためにとてつもない努力の果てに早期の沖縄返還を実現した。だが、その実現のために、核密約を受け入れざるをえなかった。流れは整然としており、「物語」として読み通せる。

もちろん若泉は国際政治学者の矜持（きょうじ）を厳しく保ち、利用可能な資料を幅広く参照し、自分が見たこと、聞いたことの周辺状況を補完して描き出している。談話の正確な描写のために密かに録音機を懐に収めていたともいう（森田吉彦（もりたよしひこ）『評伝　若泉敬』）。また『日経ベンチャー』編集長だった阿部重夫（あべしげお）によれば、若泉と懇意だった福井の松浦機械製作所の松浦正則社長が、大手家電メーカーと一緒に回転の遅いマイクロ・テープレコーダーを開発したとある（「編集長の名刺箱」『日経ベンチャー』一九九八年九月号）。後世の検証に向けて事実を正確に書き残したいという気持ちは強かった。

だが、そうした若泉の意志が空回りしたのは、『他策』がまさに文字どおり「一篇の物語」として読まれてしまったからではなかったか。「物語的な文章」であるノンフィクションは、ジャーナリズムの「事実的な文章」を、ひとつの起承転結の文脈のなかで位置づける。そこで個々の事実は語り手の示す「物語」のなかで新しい意味を与えられる。その言葉が記号学者パースの言う指標記号、つまり何かを指示するものであり、指示する宛先が現実世界であればジャーナリズムとして評価される。だが、もしも、それが象徴記号、つまり象徴体系である言語のレベルで完結した記号で、現実を離れた仮構の象徴世界を宛先としているとみなされると、それはフィクションに分類される。「物語るジャーナリズム」としてのノンフィクションは、同じく「物語」であるフィクションと境界を接しており、どこまでが事実なのか、どこからが著者の語りなのかが不明になりがちだ。

『他策』の文体は他でもない、若泉自身の個性だろう。若泉の評伝を読むと、彼がドラマチックに現実を語ることを好む人物であったらしいことが推測できる。しかし語りが前面に出ると事実は後景に隠れる。その結果、『他策』は事実に読者の意識を向かわせる求心力を弱めてしまったのではないか。

実際には、日米安保体制における日米の不均衡な力関係や、ベトナム戦争遂行中の米国にとって沖縄が戦略上重要な要衝であったことを思えば、佐藤政権下で実現した沖縄返還には水面下の約束があったのではないかという推測が日米関係の機微に通じた識者には十分に可能だった。そして米国側からはそんな推測を裏付ける証言も先駆けて出ていた。たとえばニクソン政権の安全保障担当補佐官（後に国務長官を兼務）で、核抜き返還に関して若泉の交渉相手だったヘンリー・キッシンジャーは一九八〇年に刊行した回顧録のなかで「佐藤の使者」の存在を示している。

《私が、初めて交渉に関与するようになったのは、佐藤が例の日本的流儀に従って、彼と私の共通の友人で、日本政府内では公的地位を持っていなかった、ある人物を、偵察役として送り込んできたのがきっかけだった。今や、公的地位にいない人物と、当の問題に通じていない人物との間で折衝を始めようというわけであった。》

《一九六九年七月十八日、くだんの佐藤の使者が私に会いにやってきた。以来、二人は、両国の官僚機構の頭越しに、秘密のチャンネルをつくりあげた。》（『キッシンジャー秘録』第二巻）

アレクシス・ジョンソン元駐日大使の回顧録『ジョンソン米大使の日本回想』にも核密約に関する記載がある。

それでも政府がしらを切れたのは、『他策』が一篇の物語として書かれ、その表現の形式において事実を告発する力を拡散させがちな弱さを持ったからではなかったか。

若泉手記を裏書きする『佐藤榮作日記』と『楠田實日記』

しかし検証の機会は時を隔てて訪れた。状況を変えたのは、二つの日記の存在だった。ここからノンフィクションと日記の議論に入る。

若泉を密使とした佐藤栄作は、第三次吉田茂内閣の郵政相兼電気通信相時代の一九五二年から脳溢血で倒れる前日の一九七五年五月十八日まで、のべ二四年間日記をつけていた（首相になる前の時期には中断があり、首相になってからでも日記が行方不明になっている時期がある）。この『佐藤榮作日記』（以下、『佐藤日記』）は佐藤の没後二二年目の一九九七年から二年かけて刊行されている。

そしてもうひとつ日記がある。首席秘書官だった楠田實の日記（以下、『楠田日記』）だ。『産経新聞』記者だった楠田は佐藤の担当となって信頼関係を築き、総裁選に立候補する佐藤に政策を献策する新聞記者チーム体制（関係者間では「Sオペレーション」と呼ばれていた）を作り、佐藤内閣発足後には首席秘書官となって政権を支えた。日記はこの秘書官時代に書かれたもので、一九六七年五月から七二年七月まで続いており、二〇〇一年に和田純、五百旗頭真編で刊行されている。ちなみに首相と秘書官がともに日記を残し、公開されている内閣は現状では佐藤内閣だけだ。

これらの日記への若泉の初登場は『楠田日記』の一九六七年七月十九日で、石原慎太郎と佐藤が対談した折に石原から《若泉敬、村松剛、三島由紀夫ら若い者で話したい》と提案があり、佐藤が了承した旨が記載されている。

次の登場は『佐藤日記』の一九六七年十一月六日に《若泉敬君と約一時間打合せをした。場合によっては特使として派遣したらよいかと思ふが、まづまづの処か》との記載がある。これは太平洋を航海中のトインビーが日本に到着する前に、若泉が首相公邸を訪ねた日の日記なのだ。このように、『佐藤日記』と読み合わせることで『他策』の内容の裏を取ることができる。そこで確認されるのは、確かに若泉は「密使」だったという事実だ。

では『楠田日記』はどうか。

若泉は『他策』に、自分しか知らないロストウとのやり取りに加えて、会談内容を書いてい

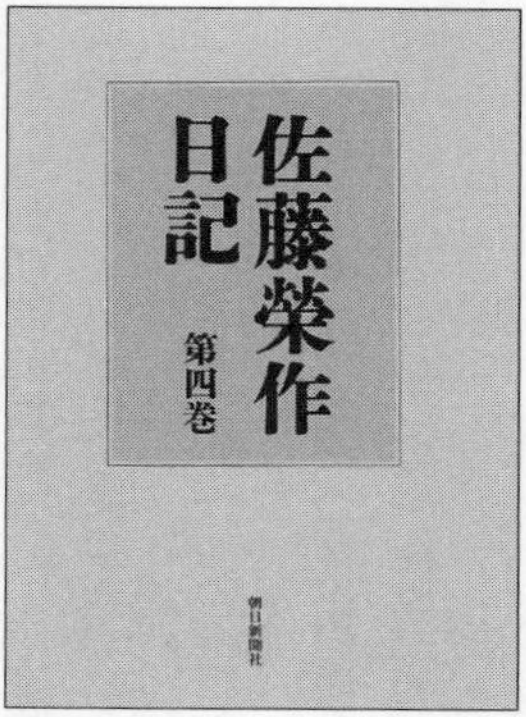

『佐藤榮作日記』

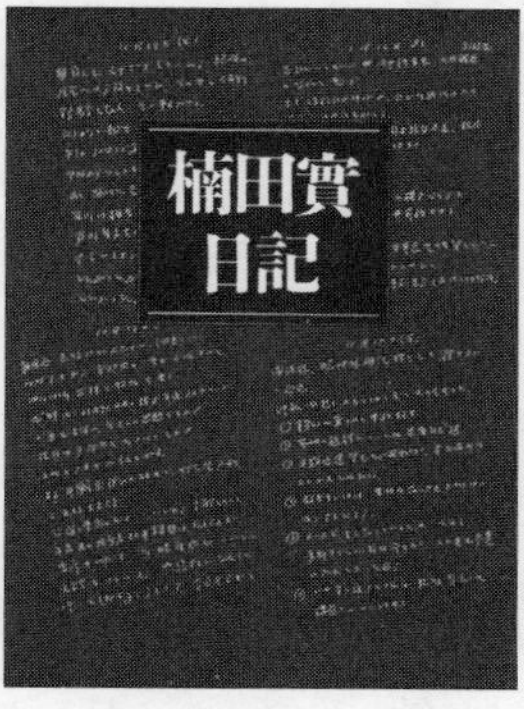

『楠田實日記』

るが、それは楠田實編著の『佐藤政権・二七九七日』の記載に基づいている。『楠田日記』はこうした公式記録に記載されている内容を個人の記録として裏書きするが、若泉の扱い方には特徴がある。

たとえば『楠田日記』で佐藤・ジョンソン会談の準備をした若泉が再登場するのは一九六七年十二月二十六日だ。《若泉敬氏を迎え、Sオペ。四時間ばかり討議して、政府声明を書く。終わって記者会見の資料作成。若泉氏はやはりよい。八時間ぶっ続けの勉強はこたえる》との記述がある。他にも若泉は「Sオペ」との関わりで、政策立案の協力者として日記に登場することが多い。

《夕刻までかかって「なぜ非武装中立がとれないか」「非核決議案に反対の理由」をまとめる。若泉敬氏に相談。協力を得る。核政策四本の柱を考えてくれた。すっかり若泉氏に頼る形になってしまった昨今だ。》(『楠田日記』一九六八年二月三日)

佐藤が若泉のことを日記に実名で記しているのに対して、楠田は秘書官として若泉の官邸訪問などは記録しているが、日米交渉に関する文脈では若泉を一切登場させていない。

注目すべきは一九六九年七月二十五日の記載だ。《閣議後、公邸で若泉敬氏に会って貰う。若泉氏はたいへん秘密保持の点を気にしている。少し度が過ぎているようだが、それも立場上、仕方がないのだろう。ワシントンにおける秘密接触の話の中身は聞かなかったが、「やはり行って良かったと思います」とのこと》。このように過度の秘密主義が気になるようではあるが、楠田は若泉の立場に理解を示して、佐藤と若泉の話には立ち入らない姿勢を一貫させたし、記載もしていない。

ただし例外がいくつかある。佐藤と誰かとの話が長引き、牛場信彦駐米大使との面会が始まらないことを不思議に感じた『読売新聞』記者が、官邸から出てきた若泉を尾行したことがあった。一九七一年八月二十五日の『楠田日記』に《一二時半頃、若泉氏を官邸裏口から出す。しかし車の中で待っていて、若泉氏のことを尾行した社があったらしい。後刻、若泉氏から電話あり。約一時間後にまいたという。読売新聞の老川祥一記者のようだ》との記載がある。これは書かれた内容だけでは日米交渉だとわからないが、内容に触れている箇所もある。一九六九年十一月十七日と十九日の日記で《東京のアラカワ氏に電話》《東京のアラカワ氏と再三電話》との記述があるが、この「アラカワ」は楠田との間で決めていた若泉の仮名だった。ここでは仮名化によって内容がぼかされているが、楠田が密使の存在に触れてしまっている箇所だ。

前回の日米首脳会談と異なり、若泉はワシントン入りせず東京・荻窪の自宅でキッシンジャーと連絡を取り合って、最後まで交渉について詰めていた。佐藤に話をする必要があるときには首相に同行している楠田を呼び出し、取り次いでもらっている。その回数はかなりの回数に及んだ。楠田は交渉直前の佐藤を呼び出してまで話す内容が極秘のことであると察しがついたからこそ、若泉の名を匿名にする必要を感じたのだろう。

ちなみに楠田は、沖縄返還後に交渉にあたったことを秘密にしてほしいと若泉から求められ、『他策』が刊行され、秘密を若泉自身が公開した後も、一九九六年に彼が死去するまでその約束を守った。ただ日記に関しては、その約束をする前から記述を控えるか、記す場合もほぼ匿名扱いになっていた。

第三段階に関しては、『佐藤日記』には一九七〇年一月十九日に《次に若泉敬君と会って対米繊維の対策を打合せし》との記載があり（この件に関しては『楠田日記』にも《六時すぎから若泉敬氏。繊維交渉のコンタクトがあったものと思われる》との珍しく比較的あからさまな記載がある）、一九七〇年のみで若泉の名前は二三回も登場する。若泉は《忌々しい記憶》として『他策』でその詳細を書かなかったが、佐藤にとっては重大事だった。

日記とジャーナリズムとノンフィクション

二つの日記はなぜ若泉の扱いに関して対照的となったのか。佐藤は晩年、回想録の出版を用意していたが果たせなかった。佐藤にしてみれば回想録は公開されるものだが、日記はその基礎資料で非公開のもの、という位置づけだったのかもしれない。非公開だからこそ秘密に属することも備忘録として書いておこうとした。

その意味では楠田のほうが、日記自体が人に読まれることを意識していたのではないか。

『佐藤日記』が佐藤の没後、かなり時間が経ってから遺族との交渉を経て公開されたのに対して、『楠田日記』は楠田の存命中に刊行されている。

　こうした二つの日記の違い、そしてノンフィクションである『他策』を、鶴見俊輔の〝ジャーナリズム＝日記〟論と照らし合わせてみたい。先に、『他策』が単体では「物語」として読まれがちで、そのことが事実を書いて現実を告発する力をむしろ減じたのではないか、と書いた。しかし二つの日記を読み合わせることで、『他策』の物語がいかに事実に基づいていたかが確かめられ、ようやく物語の層ではなく、事実の層へと読者の意識を誘う。『他策』は強力な側方援護射撃を受けたと言えよう。

　しかし単体での力不足を他の作品が補うという構図のなかに位置する事情は二つの日記でも同じだ。確かに日記には事実が記録されているはずだ。その意味で、日記には鶴見の言うようにジャーナリズムの初志が宿っている。だが単体ではその事実が何を意味していたのかがわからない。事実は文脈を必要とするからだ。

　たとえば、個人のジャーナリズムの実践として鶴見が例示するのが、外交評論家の清沢洌が戦時中に書き溜めていた日記だ。リベラルな評論家であった清沢は次第に発言の場を失い、日記だけが表現手段となった。清沢は太平洋戦争が日本の敗戦で終わると信じており、戦後の時代に戦争中について書く自らの評論の資料として、日記を書いていた。結局、清沢は終戦直前に亡くなったので彼自身が日記を資料として生かすことはなかったが、それは戦後、一九七〇年になって橋川文三編で『暗黒日記』として出版されている。

『暗黒日記』は、関係する新聞の切り抜きを貼り付けるなどメモ書きに終わらない内容だが、それでも、清沢がどのような気持ちでそれを書いていたかがわからないと、解釈に困る箇所がある。日記の不完全性を埋めるためには個々の記述を位置づける文脈が必要なのだ。『他策』はその文脈を提供する。それと読み合わせることで、『佐藤日記』に書かれた意味が通じる。

ノンフィクションという表現カテゴリーについて、言語論の立場から切り込んだ『ノンフィクションの言語』で篠田一士は、《あくまで、事実を、読者に、できるだけ正確にとらえさせるノンフィクション言語の第一の機能と、《自由な視界のなかで、大小さまざまの断片の事実を、読者の恣意によって、いささかも変形させることなく、しかも、それらの断片を自在に組み合せることを許す》第二の言語機能の二重構造を考えた。

篠田はこうした二つのノンフィクション言語の機能を中国の春秋時代の歴史書である『春秋』（実際は『春秋』に書かれた時代なので春秋時代と呼ばれる）の「經」と「傳」に対応していると説明する。「經」は事実関係のみを淡々と叙述し、「傳」はその解釈である。

その説明の構図に今回の議論を対応させれば、日記は「經」であり、ノンフィクションは「傳」だと言えよう。『他策』は『佐藤日記』『楠田日記』の事実と照らし合わせることによって、その事実性を検証できる。篠田は「傳」の賑やかさに溺れて「經」を忘れるノンフィクションが多いことを批判しており、『他策』が今ひとつ告発の勢いを得られなかったのも、そうした事実軽視で話題を取ろうとするノンフィクションではないか、と警戒された結果だったのかもしれない。

だが、『他策』に書かれていることは佐藤や楠田も認める事実なのであり、そこでは「傳」から「經」への遡行（そこう）がありえる。こうして二つの日記が登場したことにより、若泉が望んだ後世における検証作業が進んだ。

逆に『佐藤日記』『楠田日記』が『他策』と読み合わせることによって文脈を得る事情も認められる。「傳」を踏まえることで、「經」に生命が与えられることもあるのだ。

発見された秘密議事録の現物

だが問題は、若泉の書いた「物語」を通じて提供される文脈が、唯一のものなのかということだ。『楠田日記』の解題（『楠田實日記』で読む佐藤政権」）で五百旗頭真は、沖縄返還二〇周年に際してキッシンジャーに自らインタビューして聞いた内容を紹介している。キッシンジャーは《「非常事態を迎えて、紙切れ一枚に国家の運命を委ねる政府は存在しない」》と述べたという。確かにニクソンも佐藤も極秘合意文書を作り、そこに密かにサインした。しかし、それは将来、非常事態が発生した際の両国の対処を縛るものではなく、ペンタゴン（米国防総省）の不安を大統領がなだめる程度の効果しかなかったというのがその時点でのキッシンジャーの説明だった。

それは若泉の解釈からは出てこない。若泉は密約を沖縄の人々への裏切りだと考え、晩年には沖縄の戦没者を慰霊すべく何度も沖縄を訪ね、身分を隠して遺骨収集のボランティア活動にも励んでいた。密約は若泉にとって限りなく重いものであった。彼は『他策』の英語版が完成し、出版契約が完了した日に亡くなっているが、自裁死だったとも言われている（後藤乾一(ごとうけんいち)『「沖縄核密約」を背負って』。手嶋龍一(てしまりゅういち)「新装版に寄せて」『他策』新装版解説）。


しかし、密約の重さは若泉だけが感じていたわけではない。日米交渉を終えてすっかり役目をまっとうしたと思っている若泉は、最後の念押しとして佐藤に秘密合意文書の扱いについて注意を促している。


《「ところで総理、〝小部屋の紙〟（日米秘密合意議事録）のことですが、あの取り扱いだけはくれぐれも注意して下さい」

と、総理の眼をぐっと見つめる私に、

「うん。

君、あれはちゃんと処置したよ」

と、総理は心なしか表情を弛(ゆる)めて言った。

〝安心してくれ〟といわんばかりの響きがあった。

それは具体的にどういう意味なのか、と一瞬訝しく思ったが、それ以上深追いはしなかった。

それこそ、内閣総理大臣の〝専管事項〟であって、一私人が訊ねることではあるまい。

しかし、このときの、総理のこのたったの一言が、四半世紀経ったいまもなお、私の耳朶に鮮明にこびりつき、脳髄深く鋭利な弾片として突き刺さっている。》（『他策』）

若泉の不安は的中し、それは〝処置〟されていなかった。

二〇〇九年九月十六日、鳩山由紀夫内閣で外務大臣となった岡田克也は、密約についての調査を外務省に命令した。この命令を受けて外務省内に調査班が結成され、北岡伸一（当時・東京大学教授）をはじめとする省外の有識者委員会が発足した。

こうした調査が進む一方で、二〇〇九年十二月二十二日、秘密の合意議事録の現物が佐藤邸で発見されてしまう。佐藤がその証拠を捨てられずに残したことは、彼がいかにそれを重く感じていたかを逆に示していると言えよう。最後の最後になって、『他策』が若泉の宣誓どおりに事実のみを記すノンフィクションであることは、日記の言葉＝ジャーナリズムではなく、文書そのものという「もの」の重さによって示されたのだ。

それでも二〇一〇年三月に提出された政府調査報告書では、外務省内で密約文書の引き継ぎがされた形跡がないという理由から、日本政府として米国政府と密約したことは確認できないと結論づけた。それもまた日本政府の解釈、「傳」であり、〝官僚話法〟なのだと考えればいいのかもしれない。先に、「物語」として読まれてしまうがゆえにノンフィクションの告発力が弱まりかねない事情に触れたが、そうしたノンフィクション側の問題以前に、事実関係に向きあおうとせず、言い逃れに終始する公人の振る舞いを許すような社会があるのだとすれば、ジャーナリズムやノンフィクションがいかに真実告発を努めようにも暖簾に腕押しとなるだろう。

検証に向けて開かれたノンフィクション

とはいえ、密約が存在していたことはもはや一種の歴史的常識となりつつある。そんななか、二〇一九年になってまた日記が話題になった。今度は内閣調査室員だった志垣民郎が残したもので、『内閣調査室秘録』（以下、「志垣日記」）でその内容が明らかになった。

「内閣調査室」（内調）は一九五二年に新設された首相直属の情報機関だった。その創設メンバーの志垣は幼い頃から日記をつけており、その習慣は内調に勤めていた時期にも続けられた。内調は共産主義化を防ぐことを目的として協力者となる学者、研究者とのパイプ作りに熱心だったが、若手との交わりもあり、早い時期に東京大学法学部を中心とする学生有志の研究団体「土曜会」に接近している。

土曜会は一九五〇年に設置され、毎週土曜日に会合を持っていたことからそう名乗るようになった。土曜会は一九五二年九月より機関誌『時代』を創刊しているが、「志垣日記」の同年七月二十九日の条には《午后一時、溜池にて佐々（淳行――引用者註）、新居〔光〕の両君に会う。事務室（赤坂産業ビル）にて話。今後の方針等。雑誌発行の件、アルバイトの件、等。アイスクリーム食って三時別る》との記載がある。編者の岸俊光によるインタビューで志垣は《当時、東大は左翼勢力が強く、出版物等でも負けそうだった。そこに『時代』一誌でも出れば、一応の対抗策といえた》《反共の組織として（マルクス主義のイデオロギーに反対する）土曜会に援助するのは当然だった》と答えている。

若泉敬は当初、東大新人会に所属していたが、新人会と土曜会が交流を持ったことから土曜会に移籍する。《新居君来り、若泉君の『インドの第三地域論』原稿持参》（一九五三年五月十四日）、《新居君来る。若泉君の稿料と、四万五千円渡す》（同二十七日）。内調との関係は若泉が保安研修所に就職してからも続いた。《若泉君来たので事務所の件と毎月の援助の件話す》（一九五四年五月六日）。

志垣民郎『内閣調査室秘録』

若泉がロンドンに留学した後は記述がなくなるので、密約交渉はそれと切り離して考えるべきだろうが、日米の秘密交渉を自分がなすべき仕事なので対価を受けるべきではないとして、密使として渡米するにあたって佐藤からの餞別をガンとして受け取らず、国際電話代金も自分で払っていたという潔癖な国士的なイメージの若泉と、大学に勤める前だったとはいえ内閣調査室の支援を受けていた若き日の若泉とは、結びつかない印象がある。その点だけでも「志垣日記」を経由して若泉像を多少修正する必要もあるのかもしれない。

ノンフィクションが「物語るジャーナリズム」である限り、そこでの事実の語りかたの妥当性は検証に向けて開かれているべきだ。だが、多くの場合、検証に役立つ資料が存在しない。あるいは検証に向けて開かれたかたちで書かれたノンフィクションは少ない。その点、『他策』というノンフィクション作品と、それと同じ時期に記録された日記の関係はそうした相互検証の貴重なひとつの例として、ジャーナリズムと小説の間に位置するノンフィクションが小説のように読まれないために事実の検証を必要とする構図を示すものとして、注目に値すると言えよう。ジャーナリズムとノンフィクションの間には、相互に検証しあい、相互に豊かなものにしてゆく関係が築かれるべきなのだ。

あとがき

『日本ノンフィクション史』を二〇一七年に出版した後に、「この作品が取り上げられていない」「この作家はどうしたのか」等々の指摘を書評やネットでのレビューで多くいただいた。確かに同書ではノンフィクションを物語論の手法で論じたのはそのときが初めてだった——分析に必要な範囲で個々の作品を選んでいたため、著名なノンフィクション作品を十分に論じるには至らなかった。そこで、遅ればせながら個々のノンフィクション作品を取り上げて論じる作業を中公新書のウェブサイトで始めた。本書はその成果をまとめ直したものだ。

物語を構想するノンフィクションの創造力は、ジャーナリズムの事実的な文章に「文脈」を与える。ストレートニュースであれば〝孤発例〟としか思えなかった断片的な事実が、長い時間、広い空間のなかでつながりを得て、ひとつの事件の全体像を作り上げる。こうして断片的ではない出来事、事件、人物そのものと対面できる――。それは紛れもなくノンフィクション最大の魅力であろう。

しかし物語の力を借りたことでノンフィクションは弱さをも孕んだ。ノンフィクションは物語の語り手を持つジャーナリズムであり、事実と事実を因果関係で結びつけて構成される物語的な世界は、語り手の構想力のたまものである。こうした語り手の構想力に依存する構図自体はフィクションの物語と変わらない。

篠田一士が「「傳」の賑やかさに溺れて「経」を忘れるノンフィクションが多い」として、「物語」に酔って事実的な文章の域を越え出てしまいがちな作品を批判したのが一九八五年。その後も篠田が懸念した方向でノンフィクションが書かれる傾向は後を断たないが、一方でノンフィクションである以上、それは非(=ノン)フィクションでなければならず、フィクションとジャーナリズムの間の、どこに作品を着地させるべきか、ノンフィクションの書き手たちは試行錯誤を重ねてきたのだ。

本書で取り上げたノンフィクション作品二八篇――目次に掲げた作品数で、言及したものはさらに多い――はいずれも幾度もの再読に耐え、ノンフィクションという表現のあり方について考えさせられる、その意味で紛れもない「名作」だと考える。

前著からウェブ連載、そして本書の担当編集者まで伴走してくださったのは中公新書編集部の小野一雄さんである。ちょうど連載終了の時期にコロナ禍に見舞われ、それ以前の、日常生活の崩壊を心配することなく、さまざまな事柄が書き進められた時間を懐かしく思い出しつつ、このあとがきを記している。来る東京五輪に浮かれていた気分を凍りつかせたこの危機的状況を、事実を丹念に追いつつ、世界史のなかに的確に位置づけてくれるような大型ノンフィクションがいつか書かれる日に期待しつつ筆を擱きたい。

二〇二〇年七月三十一日

武田徹

参考文献

アウグスティヌス「見えないものへの信仰」、今義博・森泰男他訳『アウグスティヌス著作集』第二七巻、教文館出版部、二〇〇三年

浅見定雄『にせユダヤ人と日本人』朝日新聞社、一九八三年。朝日文庫、一九八六年

家田荘子『私を抱いてそしてキスして——エイズ患者と過した一年の壮絶記録』文藝春秋、一九九〇年。ぶんか社文庫、二〇〇八年（ぶんか社文庫版ではサブタイトルなし）

池島信平『雑誌記者』中央公論社、一九五八年。中公文庫（改版）、二〇〇五年

伊佐千尋『逆転——アメリカ支配下・沖縄の陪審裁判』新潮社、一九七七年。岩波現代文庫、二〇〇一年

石井光太『レンタルチャイルド——神に弄ばれる貧しき子供たち』新潮社、二〇一〇年。新潮文庫、二〇一二年

石井光太『遺体——震災、津波の果てに』新潮社、二〇一一年。新潮文庫、二〇一四年

石井妙子『女帝 小池百合子』文藝春秋、二〇二〇年

イシグロ、カズオ『わたしを離さないで』土屋政雄訳、早川書房、二〇〇六年。ハヤカワ epi 文庫、二〇〇八年

石牟礼道子『苦海浄土——わが水俣病』講談社、一九六九年。講談社文庫（新装版）、二〇〇四年。『苦海浄土』を含む全三部作は藤原書店、二〇一六年

石牟礼道子『葭の渚——石牟礼道子自伝』藤原書店、二〇一四年

井田真木子『プロレス少女伝説——新しい格闘をめざす彼女たちの青春』かのう書房、一九九〇年。文春文庫、一九九三年（文庫版ではサブタイトルなし）。『井田真木子著作撰集』里山社、二〇一四年所収

稲垣武『怒りを抑えし者——評伝・山本七平』ＰＨＰ研究所、一九九七年

上前淳一郎『太平洋の生還者』文藝春秋、一九七六年。文

春文庫、一九八〇年
ウルフ、トム「ニュー・ジャーナリズム論――小説を甦らせるもの」常盤新平訳、『海』一九七四年十二月号
江藤淳・蓮實重彥『オールド・ファッション――普通の会話　東京ステーションホテルにて』中央公論社、一九八五年。講談社文芸文庫、二〇一九年（講談社文芸文庫版のサブタイトルは「普通の会話」）
大隈秀夫『マスコミ帝王　裸の大宅壮一』三省堂、一九九六年
小川さやか『都市を生き抜くための狡知――タンザニアの零細商人マチンガの民族誌』世界思想社、二〇一一年
小川さやか『チョンキンマンションのボスは知っている――アングラ経済の人類学』春秋社、二〇一九年
尾川正二『極限のなかの人間』国際日本研究所、一九六九年。改題『「死の島」ニューギニア――極限のなかの人間』光人社NF文庫（新装版）、二〇〇四年
小保方晴子『あの日』講談社、二〇一六年
小保方晴子『小保方晴子日記』中央公論新社、二〇一八年
開高健『輝ける闇』新潮社、一九六八年。新潮文庫（改版）、二〇一〇年。『開高健全集』第六巻、新潮社、一九九二年所収
『開高健全集』第一四巻、新潮社、一九九三年
『開高健全集』第二二巻、新潮社、一九九三年
片山夏子『ふくしま原発作業員日誌――イチエフの真実、9年間の記録』朝日新聞出版、二〇二〇年
金菱清編『3.11慟哭の記録――71人が体感した大津波・原発・巨大地震』新曜社、二〇一二年
河合香織『選べなかった命――出生前診断の誤診で生まれた子』文藝春秋、二〇一八年
ガンサー、ジョン『回想のローズヴェルト』清水俊二訳、早川書房、一九六八年
キッシンジャー、ヘンリー『キッシンジャー秘録』第二巻、小学館、一九八〇年
木村治美『黄昏のロンドンから』PHP研究所、一九七六年。文春文庫、一九八〇年
清沢洌『暗黒日記』橋川文三編、評論社、全三巻、一九七〇～七三年。ちくま学芸文庫、全三巻、二〇〇二年
桐島洋子『淋しいアメリカ人』文藝春秋、一九七一年。文春文庫、一九七五年
楠田實編著『佐藤政権・二七九七日』行政問題研究所出版局、上下巻、一九八三年
楠田實著、和田純・五百旗頭真編『楠田實日記――佐藤栄作総理首席秘書官の二〇〇〇日』中央公論新社、二〇〇一年
下條竜夫『物理学者が解き明かす重大事件の真相』ビジネ

ス社、二〇一六年
後藤乾一『「沖縄核密約」を背負って――若泉敬の生涯』岩波書店、二〇一〇年
後藤杜三『わが久保田万太郎――枯野はも縁の下までつゞきをり』青蛙房、一九七三年
小林康夫・船曳建夫編『知の技法――東京大学教養学部「基礎演習」テキスト』東京大学出版会、一九九四年
近藤紘一『サイゴンから来た妻と娘』文藝春秋、一九七八年。小学館文庫、二〇一三年
佐藤榮作著、伊藤隆監修『佐藤榮作日記』朝日新聞社、全六巻、一九九七～九九年
沢木耕太郎「クレイになれなかった男」『調査情報』一九七三年九月号。『敗れざる者たち』文藝春秋、一九七六年所収。文春文庫、一九七九年所収
沢木耕太郎『テロルの決算』文藝春秋、一九七八年。文春文庫（新装版）、二〇〇八年。『沢木耕太郎ノンフィクションⅦ　1960』文藝春秋、二〇〇四年所収
沢木耕太郎「王であれ、道化であれ」『PLAYBOY』一九七九年七月号。『王の闇』文藝春秋、一九八九年所収。文春文庫、一九九二年所収
沢木耕太郎『一瞬の夏』新潮社、上下巻、一九八一年。新潮文庫、上下巻、一九八四年
沢木耕太郎『紙のライオン――路上の視野Ⅰ』文春文庫、一九八七年
沢木耕太郎「本人自身による全作品解説」『月刊カドカワ』一九九〇年十二月号
沢木耕太郎『檀』新潮社、一九九五年。新潮文庫、二〇〇〇年
沢木耕太郎『血の味』新潮社、二〇〇〇年。新潮文庫、二〇〇三年
沢木耕太郎『春に散る』朝日新聞出版、上下巻、二〇一六年。朝日文庫、上下巻、二〇二〇年
サントリー文化財団編集『サントリー学芸賞選評集――サントリー文化財団30周年記念』二〇〇九年
サントリー文化財団編集『サントリー学芸賞選評集（2009～2018）――サントリー文化財団40周年記念』二〇一九年
塩澤実信『雑誌記者　池島信平』文藝春秋、一九八四年。文春文庫、一九九三年
志垣民郎著、岸俊光編『内閣調査室秘録――戦後思想を動かした男』文春新書、二〇一九年
篠田一士『ノンフィクションの言語』集英社、一九八五年
清水幾太郎『流言蜚語』日本評論社、一九三七年。ちくま学芸文庫、二〇一一年
ジョンソン、U・アレクシス『ジョンソン米大使の日本回想――二・二六事件から沖縄返還・ニクソンショックま

で』増田弘訳、草思社、一九八九年
杉山光信『学問とジャーナリズムの間――80年代イデオロギー批判』みすず書房、一九八九年
鈴木明『「南京大虐殺」のまぼろし』文藝春秋、一九七三年、文春文庫、一九八三年
鈴木俊子『誰も書かなかったソ連』サンケイ新聞社出版局、一九七〇年。文春文庫、一九七九年
須田桃子『捏造の科学者――STAP細胞事件』文藝春秋、二〇一四年。文春文庫、二〇一八年
須田桃子『合成生物学の衝撃』文藝春秋、二〇一八年
袖井林二郎『マッカーサーの二千日』中央公論社、一九七四年。中公文庫（改版）、二〇〇四年
竹内洋『革新幻想の戦後史』中央公論新社、二〇一一年。中公文庫、上下巻、二〇一五年
立花隆・利根川進『精神と物質――分子生物学はどこまで生命の謎を解けるか』文藝春秋、一九九〇年。文春文庫、一九九三年
田中康夫『なんとなく、クリスタル』河出書房新社、一九八一年。河出文庫（新装版）、二〇一三年
ダニエル＝ロプス、H『イエス時代の日常生活』波木居斉二・波木居純一訳、山本書店、全三巻、一九六四～六五年
谷沢永一『紙つぶて 二箇目』文藝春秋、一九八一年。『紙つぶて――自作自注最終版』文藝春秋、二〇〇五年
タリーズ、ゲイ『汝の父を敬え』常盤新平訳、新潮社、一九七三年。新潮文庫、上下巻、一九九一年
鶴見俊輔編『現代日本思想大系』第一二巻『ジャーナリズムの思想』筑摩書房、一九六五年
戸坂潤『イデオロギー概論』理想社出版部、一九三二年。『戸坂潤全集』第二巻、勁草書房、一九六六年所収
中津燎子『なんで英語やるの?』午夢館、一九七四年。文春文庫、一九七八年
中平卓馬『なぜ、植物図鑑か――中平卓馬映像論集』晶文社、一九七三年。ちくま学芸文庫、二〇〇七年
野村進『救急精神病棟』講談社、二〇〇三年。講談社文庫、二〇一〇年
秦郁彦『南京事件――「虐殺」の構造 増補版』中公新書、二〇〇七年
濱野ちひろ『聖なるズー』集英社、二〇一九年
ハルバースタム、デイビッド『ベスト&ブライテスト』浅野輔訳、サイマル出版会、全三巻、一九七六年。二玄社、全三巻、二〇〇九年
バーンスタイン、カール、ボブ・ウッドワード『最後の日々』常盤新平訳、立風書房、上下巻、一九七七～七八年。文春文庫、上下巻、一九八〇年（文庫版のサブタイトルは「続・大統領の陰謀」）

東谷暁『山本七平の思想――日本教と天皇制の70年』講談社現代新書、二〇一七年
平松剛『光の教会　安藤忠雄の現場』建築資料研究社、二〇〇〇年
平松剛『磯崎新の「都庁」――戦後日本最大のコンペ』文藝春秋、二〇〇八年
プイヨン、フェルナン『粗い石』荒木亨訳、文和書房、一九七三年。形文社、二〇〇一年（形文社版のサブタイトルは「ル・トロネ修道院工事監督の日記」）
深田祐介『新西洋事情』北洋社、一九七五年。講談社、一九八一年
藤田昌司『ロングセラー　そのすべて』図書新聞、一九七九年
藤原新也『逍遥游記』朝日新聞社、一九七八年。改題『台湾　韓国　香港』朝日文庫、一九八七年
藤原新也『全東洋街道』集英社、一九八一年。集英社文庫、上下巻、一九八二～八三年
藤原新也『東京漂流』情報センター出版局、一九八三年。新潮文庫（新版）、一九九〇年。朝日文庫、一九九五年
藤原新也『メメント・モリ――死を想え』情報センター出版局、一九八三年。三五館、二〇〇八年。復刊、朝日新聞出版、二〇一八年
藤原新也『渋谷』東京書籍、二〇〇六年。文春文庫、二〇一〇年
ブレイディみかこ『ぼくはイエローでホワイトで、ちょっとブルー』新潮社、二〇一九年
ベンダサン、イザヤ『日本人とユダヤ人』山本書店、一九七〇年。角川文庫、一九七一年。「山本七平著」として角川ｏｎｅテーマ21、二〇〇四年
ベンダサン、イザヤ『日本教について――あるユダヤ人への手紙』山本七平訳、文藝春秋、一九七二年。文春文庫、一九七五年
北条裕子『美しい顔』講談社、二〇一九年
細川布久子『わたしの開高健』創美社、二〇一一年
本多勝一『アラビア遊牧民』朝日新聞社、一九六六年。朝日文庫、一九八一年。『極限の民族――カナダ・エスキモー　ニューギニア高地人　アラビア遊牧民』朝日新聞社、一九六七年所収
本多勝一『殺す側の論理』すずさわ書店、一九七二年。朝日文庫、一九八四年
本多勝一『中国の旅』朝日新聞社、一九七二年。朝日文庫、一九八一年
本多勝一『日本語の作文技術』朝日新聞社、一九七六年。朝日文庫（新版）、二〇一五年
『三島由紀夫全集（決定版）』第三九巻、新潮社、二〇〇四年

森崎和江「からゆきさんが抱いた世界」『現代の眼』一九七四年六月号
森田吉彦『評伝　若泉敬――愛国の密使』文春新書、二〇一一年
安田峰俊『八九六四――「天安門事件」は再び起きるか』KADOKAWA、二〇一八年
柳田邦男『マッハの恐怖』フジ出版社、一九七一年。新潮文庫、一九八六年
柳田邦男『事実からの発想』講談社、一九八三年。講談社文庫、一九八六年
山崎朋子『サンダカン八番娼館――底辺女性史序章』筑摩書房、一九七二年。文春文庫（新装版）、二〇〇八年
山本七平「イザヤ・ベンダサン氏と私」『諸君！』一九七一年五月号
山本七平『私の中の日本軍』文藝春秋、一九七五年。文春文庫、上下巻、一九八三年
山本七平『「空気」の研究』文藝春秋、一九七七年。文春文庫（新装版）、二〇一八年
養老孟司『バカの壁』新潮新書、二〇〇三年
吉田千亜『孤塁――双葉郡消防士たちの3・11』岩波書店、二〇二〇年
吉野せい『洟をたらした神――吉野せい作品集』彌生書房、一九七四年。中公文庫、二〇一二年（中公文庫版はサブタイトルなし）
『吉本隆明全集』第九巻、晶文社、二〇一五年
米本浩二『評伝　石牟礼道子――渚に立つひと』新潮社、二〇一七年。新潮文庫、二〇二〇年
若泉敬『他策ナカリシヲ信ゼムト欲ス』文藝春秋、一九九四年。文藝春秋（新装版）、二〇〇九年（新装版のサブタイトルは「核密約の真実」）
渡辺一史『こんな夜更けにバナナかよ――筋ジス・鹿野靖明とボランティアたち』北海道新聞社、二〇〇三年。文春文庫、二〇一三年
渡辺一史『北の無人駅から』北海道新聞社、二〇一一年

【ワ行】

【数字・アルファベット】

索　引

【カ行】

【サ行】

索引

本書は「web中公新書」（二〇一八年九月〜二〇二〇年七月）に連載された「日本ノンフィクション史　作品篇」（全三〇回）を加筆・修正のうえ再構成したものです。

武田 徹（たけだ・とおる）

1958年（昭和33年），東京都に生まれる．国際基督教大学大学院比較文化研究科修了．ジャーナリスト，評論家．恵泉女学園大学人文学部教授などを経て，2017年４月より専修大学文学部ジャーナリズム学科教授．
著書に『流行人類学クロニクル』（サントリー学芸賞受賞），『偽満州国論』『「隔離」という病い』『「核」論』（改題『私たちはこうして「原発大国」を選んだ』），『戦争報道』『原発報道とメディア』『原発論議はなぜ不毛なのか』『暴力的風景論』『日本語とジャーナリズム』『なぜアマゾンは１円で本が売れるのか』『日本ノンフィクション史』など．

現代日本を読む
——ノンフィクションの名作・問題作
中公新書 *2609*

2020年９月25日発行

著者 武田 徹
発行者 松田陽三

本文印刷 暁印刷
カバー印刷 大熊整美堂
製本 小泉製本

発行所 中央公論新社
〒100-8152
東京都千代田区大手町1-7-1
電話 販売 03-5299-1730
編集 03-5299-1830
URL http://www.chuko.co.jp/

Published by CHUOKORON-SHINSHA, INC.
Printed in Japan ISBN978-4-12-102609-5 C1295

中公新書刊行のことば

いまからちょうど五世紀まえ、グーテンベルクが近代印刷術を発明したとき、書物の大量生産は潜在的可能性を獲得し、いまからちょうど一世紀まえ、世界のおもな文明国で義務教育制度が採用されたとき、書物の大量需要の潜在性が形成された。この二つの潜在性がはげしく現実化したのが現代である。

いまや、書物によって視野を拡大し、変りゆく世界に豊かに対応しようとする強い要求を私たちは抑えることができない。この要求にこたえる義務を、今日の書物は背負っている。だが、その義務は、たんに専門的知識の通俗化をはかることによって果たされるものでもなく、通俗的好奇心にうったえて、いたずらに発行部数の巨大さを誇ることによって果たされるものでもない。現代を真摯に生きようとする読者に、真に知るに価いする知識だけを選びだして提供すること、これが中公新書の最大の目標である。

私たちは、知識として錯覚しているものによってしばしば動かされ、裏切られる。私たちは、作為によってあたえられた知識のうえに生きることがあまりに多く、ゆるぎない事実を通して思索することがあまりにすくない。中公新書が、その一貫した特色として自らに課すものは、この事実のみの持つ無条件の説得力を発揮させることである。現代にあらたな意味を投げかけるべく待機している過去の歴史的事実もまた、中公新書によって数多く発掘されるであろう。

中公新書は、現代を自らの眼で見つめようとする、逞しい知的な読者の活力となることを欲している。

一九六二年一一月

中公新書

現代史

f 2

言語・文学・エッセイ

j1

- 433 日本語の個性（改版） 外山滋比古
- 533 日本の方言地図 徳川宗賢編
- 2493 日本語を翻訳するということ 牧野成一
- 500 漢字百話 白川静
- 2213 漢字再入門 阿辻哲次
- 1755 部首のはなし 阿辻哲次
- 2534 漢字の字形 落合淳思
- 2430 謎の漢字 笹原宏之
- 2363 外国語を学ぶための言語学の考え方 黒田龍之助
- 1880 近くて遠い中国語 阿辻哲次
- 1833 ラテン語の世界 小林標
- 1971 英語の歴史 寺澤盾
- 2407 英単語の世界 寺澤盾
- 1533 英語達人列伝 斎藤兆史
- 1701 英語達人塾 斎藤兆史
- 2086 英語の質問箱 里中哲彦
- 2165 英文法の魅力 里中哲彦
- 2231 英文法の楽園 里中哲彦
- 1448 「超」フランス語入門 西永良成
- 352 日本の名作 小田切進
- 2556 日本近代文学入門 堀啓子
- 2427 日本ノンフィクション史 武田徹
- 563 幼い子の文学 瀬田貞二
- 2156 源氏物語の結婚 工藤重矩
- 2585 徒然草 川平敏文
- 1798 ギリシア神話 西村賀子
- 2382 シェイクスピア 河合祥一郎
- 2242 オスカー・ワイルド 宮﨑かすみ
- 275 マザー・グースの唄 平野敬一
- 2404 ラテンアメリカ文学入門 寺尾隆吉
- 1790 批評理論入門 廣野由美子
- 2609 現代日本を読む―ノンフィクションの名作・問題作 武田徹